衛斯理回憶錄

The Memoirs of Wesley Wei

JPC

乍現

葉李華 著

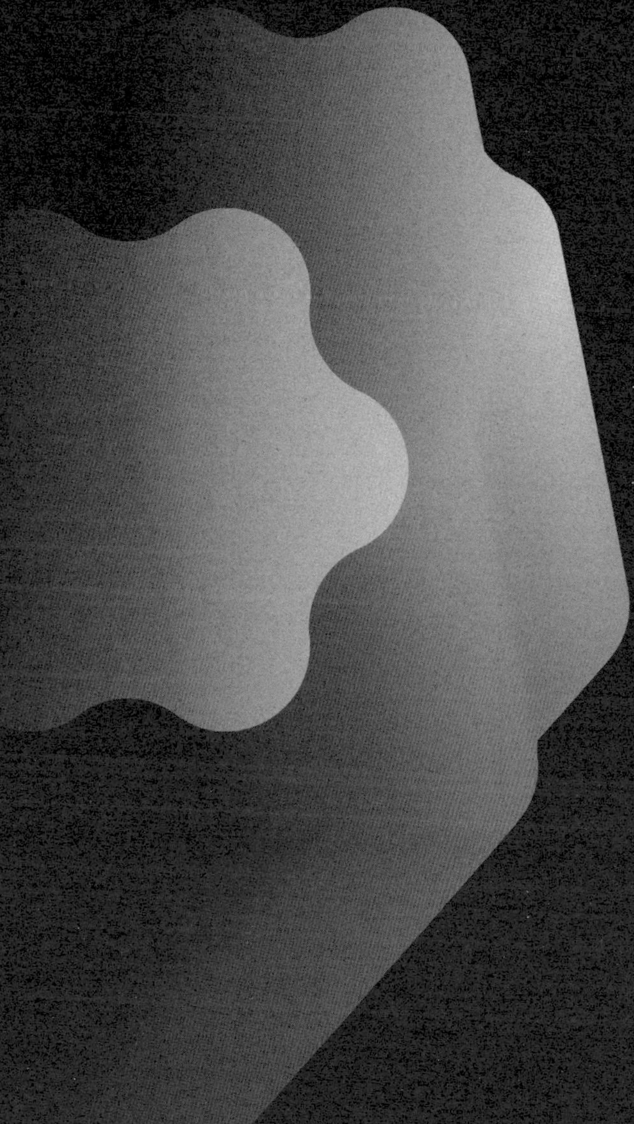

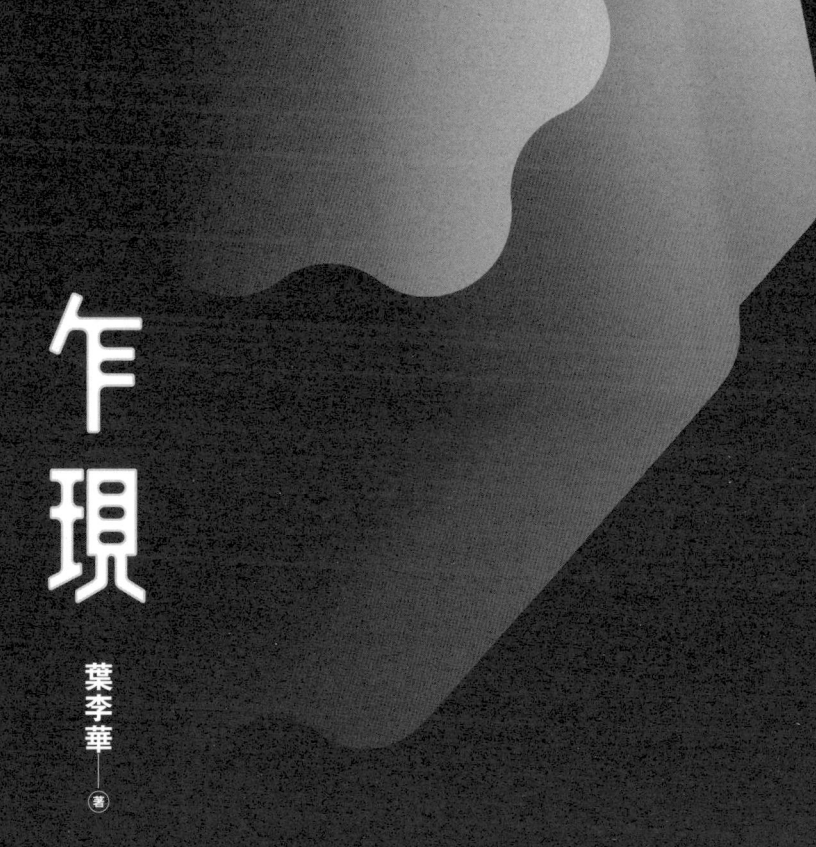

倪序

夫衛斯理者，小說人物也，

居然也有「回憶錄」，實開天下未有之奇，

讀之，覺文意汪洋，奇趣橫生，妙不可言。

我猶如此，他人可想而知，是為序。

倪匡　二〇〇五〇八一八

夫衛斯理者，小說人物也，居然有傳，回憶錄，此實開天下未有之事，讀之，覺其真得——，妙趣橫生，妙不可言。我猶如此，他人可想而知。是為序

倪匡
20050818

新版倪序

小說人物的回憶錄，本已是未有之奇。而竟然又有新版，

溫寶裕要大喝十聲：什麼情況？

什麼情況？地球人知道：葉李華寫得好，好看。

外星人知道不，不知道。這不知道不單是外星人不知道，

還是我不知道外星人是知道還是不知道，哈哈，一口氣唸來試試。

八四老翁　倪匡　香港　二〇一九〇六一一

「衛斯理回憶錄」宣言

控制了過去，就能控制未來；
控制了未來，就能控制現在；
控制了現在，就能控制過去。

全世界目前有六十五億人口，其中最不該寫回憶錄的一個人，或許就是我——衛斯理。原因非常簡單，過去幾十年來，我持續不斷地記述和發表自己的離奇經歷，從《鑽石花》到《只限老友》，共計一百四十幾個故事，一千二百餘萬字。

這些經歷，有的匪夷所思，有的神秘莫測，更有的驚險萬分甚至生死一線，例如我曾經往返「天堂」，出入「陰間」，深入地心深處，遨遊未來世界；又如我遇見過好幾十種異星生物，接觸過各式各樣的神鬼和精怪，擊敗過全世界最兇惡的匪徒，粉碎過有史以來最強大的軍事力量……以致常常有讀者問我：「究竟是真的還是假的？」面對這類質疑，我總是一笑置之，因為我覺得，這其實是根本不必回答的一個問題。

現在，我卻必須在此鄭重聲明，凡是我正式發表的故事，沒有一個不是真人真事。（只是為了顧及當事人的隱私，或避免挑起不必要的爭端，我經常姑隱其名。）事實上，還有更多的真人和真事，由於太過驚世駭俗或難以置信，我或者一筆帶過，或者從來未曾提及。

然而，光是這樣的聲明絕對不夠，我已經下定決心，一定要親筆寫成一套完整的回憶錄。原因是——為了對抗一樁天大的陰謀！

這樁陰謀，目前仍在進行之中，結果如何難以逆料。所以這一次，我不打算向讀者賣關子，我要明明白白地告訴大家：這樁針對我而來的陰謀，就是要讓我自己，以及我的每一位讀者，都相信「衛斯理」只是虛擬的小說人物，並非真實存在於世上的一個人！

而我撰寫這套回憶錄的目的，正是要設法證明，衛斯理是一個活生生的、有血有肉有情有淚的真人。因此，為了突顯這些回憶的真實性，我決心打破一切禁忌，把我一生所經歷的事件，儘可能寫得深入而透明。更重要的是，過去基於種種原因，未能公諸於世的好些秘密和謎底，包括我自己的身世之謎，在這套回憶錄中，也都會有令人滿意的答案。

*　　*　　*

在之前各冊回憶錄中，都是用上面這段文字，當作「宣言」的主幹。如今，一切終於塵埃落定，大陰謀的本質，竟是我始料未及，然而，這套回憶錄，還是必須有始有終地寫下去！

衛斯理

目次

I / 1

壹之一

姐妹

風很猛，被烈風颳起來的沙，在半空之中互相傾軋，發出一種能鑽入心肺之中的尖銳聲音，那種聲音，幾乎是只能感覺到，而並不可能聽得到，當你仔細傾聽的時候，根本不覺得這種聲音的存在。但是當你在烈風之中，吃力地踏著地上鬆軟的沙土，彎著腰，向前一寸一寸挪移著身子之際，就可以感到這種聲音的壓力，在剉刮著你身上的每一根神經，使你感到自己的身子，可以在十分之一秒的時間內爆散，全身化為無數的細沙，消失於一望無際的沙漠之中。

這時，天還沒有黑，所以在一片黃濛濛的境地之中，就快西下的太陽，看來就只是一個棕色的圓圈，一切全是黃色的，只不過深淺略有不同而已。

良辰美景互相攙扶，頂著風，一步一步，在向前移動著，每當她們提起腳來，深深的腳印，立時就被捲過來的細沙，完全淹沒。

這是她們進入沙漠的第十五天。

這個沙漠的名稱，叫作塔克拉瑪干。

塔克拉瑪干當然是音譯，據說，它真正的意思是「進去出不來」！

十多年來，良辰美景這對孿生姐妹花，雖然足跡踏遍全球五大洲，可是對於嚴寒和酷暑之地，兩人總是敬而遠之。

原因說來十分好笑，在極端氣候下，兩人自然無法再穿著一襲飄逸的紅衣。

因此半年前，如果有人說，她們將在中國最大的沙漠，有一場出生入死的經歷，兩人一定當作天大的笑話。

事實上，半年前，良辰美景正整裝待發，準備前往十幾座古墓，取出許多無價的稀世奇珍，但可想而知，這些古墓沒有任何一座，位於甚至接近沙漠地帶。

這就代表，她倆在選定目標之際，刻意放棄了所有的埃及法老墓。反正可供選擇的古墓超過一百座，當然不差那幾座金字塔。

因為當時我們手邊，有一份齊白留下的秘密檔案，裡面不但詳細記錄了他所發掘的一百三十七座古墓，還分門別類列出他在其中所發現的陪葬物品。

為了替溫寶裕籌募「天算獎」基金，我們大家決定，在不違背齊白囑託（也就是不令那些古墓提早曝光）的前提下，從每座古墓中，取出幾件價值連城的珍寶或古物，當作募款晚會的主要拍賣品。

當下，良辰美景便自告奮勇，我們也一致認為，這對身材嬌小、輕功絕頂的孿生姐妹，是取寶的不二人選。

可能有人仍然記得，紅綾因為落選，還當場生了一小頓悶氣。

不過，那只是個小插曲，或許大家印象不深，但相信老朋友們，應該都沒忘記，我曾不只一次強調，良辰美景的取寶行動，非但沒有想像中那麼順利，甚至還導致計畫中的盛大募款晚會，因而胎死腹中。

這一切，在當時看來，只能說人算不如天算，可是如今回顧，卻又顯得冥冥之中，似乎自有定數。

太過曲折複雜的故事，實在很難找到巧妙的切入點，索性反璞歸真，從頭說起吧。

且說不出三天，良辰美景已經根據齊白的檔案，選定了十幾座古墓，其中十之八九，都位於歐亞大陸。

她們在一張世界地圖上，將這些古墓的位置，一一標示出來，然後依照遠近順序，畫出一條取寶路線。

這條路線的第一站，是中國的陝西省。

雖然在近代，無論就政治或經濟而言，陝西都處於接近邊陲的地位，然而，凡是熟悉中國歷史的人，都瞭解陝西這個地區，有著輝煌的過去，說它是中國古代文化的第一重鎮，也絕不為過。

其實，連小學生都知道，黃河流域是中華民族的重要發祥地，而陝西正位於黃河中游，因此可想而知，傳說中的所謂三皇五帝，包括大家所熟悉的炎帝和黃帝，據說都是生於斯、葬於斯。可是，千萬不要以為，在齊白發掘的一百多座古墓中，包括了「黃帝陵」在內，因為身為一位頂尖盜墓人，齊白很早就瞭解，所謂的三皇五帝，都只是神話傳說中的人物，其真實性不會超過開天闢地的盤古，或是煉石補天的女媧。

至於陝西最重要的一座古墓，自然是舉世皆知、早已列為世界文化遺產的秦始皇陵。可惜的是，秦陵也並不在齊白的古墓清單中，而箇中緣由，我早已在《異寶》這個故事，做過詳細的記述。一言以蔽之，秦陵的建築結構，太過鬼斧神工，以致連齊白這位世上最頂尖的盜墓人，竟也不得其門而入，只能利用間接的方法，取得其中一個異寶。（但這也難怪，齊白只是地球上的盜墓冠軍，秦始皇的陵墓卻是外星人幫忙建成的，所以我曾公開說，齊白雖敗猶榮。）

不過，請大家不必失望，齊白在陝西這個地區，真正發掘成功的古墓，其實也洋洋大觀——時間橫跨近兩千年，包括了好幾個重要的朝代。

而良辰美景所選定的目標，則包括唐朝、漢朝和西周王陵各一座。

在齊白的檔案中，對於漢唐那兩座陵墓，有著詳細的記載，包括墓主的身份，以及隨葬物的詳細清單和考據資料。（齊白所做的考據，其詳盡和精確程度，絕不下於任何一篇考古論文——甚至可以說，很少有考古論文，能與之相提並論。）

可是，想必由於年代越久遠，考據越困難，齊白對於那座周朝陵墓的主人，卻語焉不詳，在每段文字後面，幾乎都打著問號，表示只是他的推論。

簡單地說，齊白根據墓穴的形制，推論這座古墓所葬之人，是西周早期的某位天子（齊白用詞相當精準，當然不會稱周王為皇帝），甚至也不無可能，墓中的骸骨，就是那位名氣超過歷代周王的周公。

至於其內的隨葬品，齊白雖然認出了九成，例如什麼鼎、什麼盤、什麼觶、什麼鬲之類的，但仍有幾樣古物，他說不出個所以然來。

令我印象最深刻的，是「第六號不明物」，因為在這個條目後面，齊白寫道：「一九九〇年補記，衛斯理推論，此物疑似《太平廣記》所記載之『火齊鏡』，雖有些道理，仍有諸多矛盾之處。」

必須說明的是，想當年，我從齊白留下的檔案中，讀到這則記載之際，努力回想了好久，才終於想起來，自己的名字，怎麼會在這裡出現。

原來，一九九〇年，齊白尚未成為陰間冥仙，自然並未大徹大悟，所以言談之際，仍語多保留，和後來將一百多座古墓盡數託付給我的灑脫，不可同日而語。

記得當時，齊白是這麼說的：「我在一座兩三千年前的中國古墓裡，發現一件絕不屬於那個時代的古物。」

如果換成別人，想必立刻豎起耳朵，我卻故意打了一個呵欠，道：「無論多麼稀奇古怪、匪夷所思的事件，如果一再重複，也就失去吸引力了。」

齊白顯然沒聽懂我的意思，追問：「此話怎講？」

我又伸了一個懶腰：「幾年前，你用探驪得珠法，從秦陵挖出的那個『異寶』，不也是絕不屬於那個時代？後來真相大白，果然不出我所料，又是外星人留下來的。」

齊白猛力揮了揮手：「不一樣，這回完全不一樣，我敢肯定，這回和外星人絕對沒有關係！」

我的好奇指數稍微升高一點，道：「為何如此肯定？」

齊白斬釘截鐵：「明眼人一看就知道，那件古物的外型，有著好幾種中亞古文明的特徵——這些特徵經過幾千年的演變，就像遺傳因子一樣獨一無二。」

我沒好氣地道：「既然這樣，你為何又說，那件古物不屬於那個時代？」

齊白吁了一口氣：「因為它連著一個容器，那容器雖然同樣古老，可是無論怎麼看，都無異於一具蓄電池！」接著，齊白不容我插嘴，詳細描述了那件古物，原來是個半徑大約四十公分的古鏡。

當下，我立刻想到了《太平廣記》中，有關火齊鏡的記載：「周靈王二十三年起昆陽台，渠胥國來獻玉駱駝高五尺，琥珀鳳凰高六尺，火齊鏡高三尺，暗中視物如畫，向鏡則聞影應聲，周人見之如神，靈王末，不知所之。」

我之所以產生這個聯想，是因為從現代角度看來，這面由雲母磨成的鏡子（火齊就是雲母的古稱），活脫一具平面顯示器，所以理當備有電源。

實際上，不管那面古鏡，到底是不是傳說中的火齊鏡，都十分值得做進一步研究，因此，我才大力向良辰美景推薦，將那座西周古墓，列為取寶目標之一。

良辰美景欣然接受我的建議，溫寶裕在一旁，半開玩笑道：「你們拿的時候，可千萬要小心，別被電得花容失色！」

良辰美景嗤之以鼻，一個道：「即使真的有電，隔了三千年，也早就漏光了。」另一個接口道：「就算沒漏光，又有什麼大不了的？」然後，兩人齊聲道：「從來沒聽說，電池裡那點電，也會電人！」

溫寶裕皺起眉頭：「拜託，你們有點常識好不好？一顆電池電壓太低，當然電不了人，可是足夠多的電池，串聯在一起，同樣能夠發出高壓電。網路上有一篇精采之極的科幻小說，一個盜墓賊，千辛萬苦鑽進了秦始皇陵，最後竟然被水銀電池給電死了！」

我正想說，這算哪門子科幻小說，突然間豁然開朗，忍不住鼓掌叫好：「果然精采，司馬遷告訴我們，建造秦陵時，曾使用大量水銀，模擬百川江河大海，沒想到那只是幌子，真正的目的，是製造一組防盜的電網。」

小寶經我一誇，果然得意忘形，開始言不及義：「還好齊白當初，沒有真的進入秦陵，否則被電得三魂悠悠，七魄盪盪，恐怕也當不成冥仙了。」

閒話到此為止，趕緊回到良辰美景的取寶行。

幾天後，良辰美景就抵達了陝西（她們擁有好幾家國際通訊社的特派記者頭銜，出入任何地區，自然都十分方便，再加上兩人輕功絕頂，即使闖進「全國重點文物保護單位」，也如入無人之境）。

她們根據齊白所繪製的詳細地圖，先後進入了那兩座漢唐古墓，果然有如按圖索驥，順利得難以想像。後來，她倆回憶道：「齊白叔叔的地圖畫得真好，我們在地宮內的行動，簡直就像拿著導覽手冊，參觀一座博物館一樣。」

雖說良辰美景見多識廣，但那兩座帝陵的地下墓室，仍令她們驚嘆不已，當場大呼不可思議。

舉例而言，那座漢朝古墓，雖然根據歷史記載，應數西漢帝陵中，實踐「薄葬」最徹底的一座，可是墓室的宏偉程度，以及其中寶物之多，仍足以向聯合國教科文組織，申請列為世界文化遺產。

（在此插句話，直到今天為止，這些漢唐帝陵，也尚未進行正式的考古開挖，可是歷朝歷代的盜墓人，早已前仆後繼，在每座帝陵附近，挖了不知多少「老鼠洞」。好在真正遭劫的，都是皇親國戚和王公大臣的陪葬墓，至於帝王陵寢，由於機關重重，防範嚴密，也只有齊白這樣的頂尖盜墓人，才能「如入無人之境」。）

別的不說，光是棺槨的規模和樣式，就令這對孿生姐妹，幾乎無法相信自己的眼睛。

嚴格說來，棺和槨其實是兩樣東西，所謂的槨，通常是指套在棺木外面的「外棺」。換句話說，棺和槨一裡一外，對屍體構成了雙重保護。

但如果讀者諸君，對槨並不熟悉，那也是理所當然，因為有史以來，無論古今中外，百分之九十九點九九的平民百姓，身後事都是有棺而無槨，唯有帝王將相的屍骨，才有機會（或有需要）得到多一層的保護。

雖說「槨」俗稱外棺，實際上形式五花八門，絕不能想像成一具比較大的棺材。例如早在三千多年前的商代，槨就已經演變成了木造的空間，稱為槨室，棺木則擺在正中央。到了西漢，槨室的材料被磚石所取代，但這麼一來，槨室本身就成為墓室，而槨也就名存實亡了。

唯一的例外，就是帝王的陵寢，在墓室之內，棺木之外，仍舊有一重極其特殊的保護層，那就是使用整齊劃一的方形柏木，一層層密實地堆疊於棺木周圍，直到堆出一個巨大壯觀的「積木」。

這種木槨不但外型古怪，而且名字更怪，叫作「黃腸題湊」，但為了避免離題太遠，在此就不詳加解釋了，大家若有興趣，反正網路上資料豐富之極。根據我的經驗，凡是看過黃腸題湊照片的人，無不贊成它絕對是自古至今，最特殊也最古怪的一種外棺。

然而弔詭的是，似乎從來沒有人想到，一旦盜墓人進入墓室，無論外棺造得多麼結實嚴密，對內棺也無法再起任何保護作用，到頭來還是白忙一場！

幸好在此之前，進入過這個墓室的人，只有「以盜墓之名，行考古之實」的齊白一人，所以這時候，良辰美景所見到的，仍是疊得密密實實的巨大木槨，而不是一堆散落墓室的木頭。

也幸好如今進入墓室的，是良辰美景這兩位業餘盜墓人，所以這個黃腸題湊木槨，以及其中的主人劉恆，能夠繼續安然無事，等待後世考古學家，以專業手法，令其重見天日。

換句話說，良辰美景僅僅從墓室內的無數隨葬品中，取走了兩三樣，其他完全秋毫無犯。

事實上，就連她們出入墓室的甬道，都是齊白早就打通的，根本不勞她們動手。所以我才一再強調，她們的任務，只是去「取寶」而已。

隨後，她們在唐代古墓中的經歷，也是大同小異，因此一筆帶過即可（不過當然沒有看到另一個黃腸題湊，它早在東漢就失傳了）。

唯一需要詳加敘述的，是她們最後進入那座西周古墓，所發生的變故。

至於明明是按圖索驥，為何仍舊發生意料之外的變故，我早就說過了，那是人算不如天算。

且說齊白在「導覽手冊」中，曾經特別強調，這座西周古墓，有幾處精巧的機關，當年，他花了好幾天的工夫，才終於將之破解——請注意，是破解，而並非拆除。

這就代表，良辰美景必須一絲不苟，完全依照齊白的說明行事，才能安然進入墓室。

臨行前，我還特別囑咐她們，古墓中的防盜機關，凶險程度遠非現代人所能想像，萬萬不可仗著輕功絕頂，就等閒視之。若不依照齊白的指示，哪怕走錯一步，都有可能惹來殺身之禍。

良辰美景表面上唯唯諾諾，但我當然看得出來，兩人心中大大不以為然。

當我正在考慮，是否該勸她們放棄那座古墓，另選一個比較安全的目標，沒想到這時候，溫寶裕非但不幫忙，竟然還來攪局，誇張地道：「衛斯理顯然是中了還珠樓主的毒，才會這樣說！」

我立刻怒目相向，小寶吐了吐舌頭，辯解道：「我的意思是，《蜀山劍俠傳》裡面，最厲害的武器，都是上古的神兵利器，好像科技的發展，永遠在倒退一樣。」

我沒好氣地道：「我以為你從來沒讀過這套書，怎麼突然如數家珍？」

小寶得意洋洋：「上次聽你說，沒讀過這套書，枉為人也，我立刻找來看了兩遍。」

我揮了揮手，想要言歸正傳，不料小寶還有話說：「但我最近讀了一篇小說，把上古的神兵利器，好好消遣了一番。故事中的青年俠客，機緣湊巧，找到一把千年古劍，正準備大展身手行俠仗義，沒想到古劍剛剛出鞘，就被惡霸用一把普普通通的鋼刀，劈成了兩半！」

我斥道：「這是什麼三流武俠小說？」

溫寶裕正是在等我這句話，手舞足蹈道：「如果故事就在這裡結束，自然是三流，可是最後，作者一句神來之筆，令得這篇小說的價值，瞬間直升兩級！」

說到這裡，小寶故意吊胃口，喘了一口大氣，才背書似地道：「他沒想到，一千多年來，冶鐵煉鋼的技術，不知進步了多少！」

良辰美景終於有了借題發揮的著力點：「有道理，我們舉雙手贊成！古墓中的機關再精巧，也是三千年前的產物，沒什麼好怕的。」

我急中生智：「你們自己看看，齊白明明寫道，他花了好幾天，才終於破解了那些機關，你們又怎麼說？」

良辰美景一時啞口無言，我正準備乘勝追擊，白素突然正色道：「或許我們應該換個角度思考，齊白花了那麼大的工夫，破解那些機關，也許並非為了避免為機關所傷，而是剛好相反。」

真是一語驚醒夢中人，我使勁拍了一下手掌，高聲道：「對，一定就是這麼回事。就像同樣是挖個地洞，建築工人只要一天，考古學家卻要花上好幾年，唯有這樣，才能完整保存埋藏地下的古物和遺骸。」

白素默契十足地接口道：「所以說，如果你們不遵照齊白叔叔的囑咐，很可能無意之間，破壞了已有三千年歷史的科技遺跡。」

良辰美景終於心悅誠服，用力點了點頭，我心中一塊大石頭，這才放了下來。

坦白說，我和白素對於墓中機關的推論，是否正確並不重要，重要的是，這個理由足以說服良辰美景，進了古墓之後，不會臨時起意，輕舉妄動。

我之所以不厭其詳，仔細交代這段經過，不外乎是為了強調，良辰美景在墓中所經歷的變故，真的只能說是人算不如天算。

對了，她們將這座西周古墓，當作第三站，也是其來有自。因為根據齊白的記載，相較於漢唐帝陵，進入這座古墓的過程比較辛苦，進去之後，活動空間也窄得多。

原因很簡單，這座古墓的總面積，雖然也不小，可是墓室的高度，幾乎等於零。所以說，墓穴內唯一的活動空間，就是齊白當年，效法土撥鼠，所挖出的密密麻麻的地道。

齊白是天生的盜墓人，無論多麼小的地道，對他而言都綽綽有餘。記得我剛認識他不久，他為了躲避追殺，在新墨西哥州沙漠中隨便挖一個土坑，就在裡面生活了幾十天。

可是，在狹窄的地道內鑽來鑽去，絕非良辰美景的專長，更糟的是，一旦鑽入地道，她們的絕頂輕功，再也派不上任何用場。

若不是她們好勝心極強，在我們計畫之初，兩人看到齊白的記述，想必就早已打退堂鼓了。

因此可想而知，她們將這座西周古墓，放在第三順位，是理所當然之事。

幾天後，她們做好了萬全準備，在一個月黑風高的夜晚，來到了古墓的入口——嚴格說來，是齊白替這座古墓，所挖鑿的盜洞入口。

齊白將這個入口，掩飾得十分隱密，良辰美景若非知曉內情，即使來到近前，也一定看不出任何端倪。

自古以來，盜墓人用來掩飾盜洞的方法，一是利用天然地形當作屏障，二是種植各種農作物來遮掩，甚至有人將古墓附近一株大樹挖空，作為盜洞的入口。

然而，如果齊白沿用這些方法，也就不配稱為世上頂尖的盜墓人。他掩飾盜洞的妙招，可說五花八門，洋洋大觀，絕不拾人牙慧，拿這座西周古墓當例子，即可看出齊白別出心裁之處。

他在盜洞之上，豎了一塊墓碑，然後稍加修整，做成一個足以亂真的「土饅頭」。在一般人眼中，保證看不出任何破綻，至於齊白的「同行」，則會一致認為，那只是一座窮苦人家的墳墓，裡面不可能有任何油水。

所以，即使經過了十幾二十年，那座假墳也算墓木已拱，卻始終沒有任何人，發現其下的大秘密。

當晚，良辰美景按圖索驥，找到了那塊墓碑（墓碑倒不是假貨，而是齊白就地取材，從附近的墳地移植來的，上面還刻有「清光緒二十八年」等字樣），但兩人在動手開挖之前，仍著實猶豫了一陣子。

因為齊白將那個墳頭，做得實在太像了，兩人雖然明知裡面沒有屍骨，可是心理上，還是有十分異樣的感覺。

最後，她們終於克服了恐懼，一起推倒了那塊墓碑……

進入盜洞之後，根據齊白的記載，必須爬行近百公尺，才能抵達墓穴的所在。這段路程，由於是齊白自己所挖的聯絡通道，當然不必擔心會有任何機關。

雖然良辰美景身材嬌小，但在僅可容身的地道內匍匐前進，仍舊感到相當吃力。兩人不約而同，都在心中埋怨起齊白叔叔，怪他當初為何不將地道，挖寬一兩尺。（如果齊白聽到她們的埋怨，一定會板起臉孔，訓斥她們一頓。因為挖洞並不算太難，將挖出的泥土運到地表，卻是大工程，當然得能省就省。）

與此同時，姐妹倆還暗忖，好在沒讓紅綾來，否則她也只有把風的份。

心理學家早就知道，任何人在封閉空間中，都會不知不覺胡思亂想，這時的良辰美景，自然也不例外。她們甚至還開始後悔，不該拒戈壁沙漠於千里之外，因為在她們出發之前，戈壁沙漠曾自告奮勇，要替她倆打造一套佈滿鋼珠，能夠自動爬行的特製盜墓衣。（不過話說回來，在我提供給她們的應用裝備中，還是有不少戈壁沙漠的產品，只是她們不知道罷了。）

良辰美景雖然不停胡思亂想，手腳卻始終沒有停下來，終於爬到了墓穴的真正入口，兩人立刻精神為之一振。

在進入墓穴之前，她們將齊白所寫的路線口訣，又在心中默唸了一遍。因為齊白在檔案裡特別強調，路線順序絕對不能弄錯，否則就有觸動機關之虞。

雖說墓穴中的地道，也是齊白所挖掘的，但良辰美景一爬進去，就發現和剛才那一百公尺，有著相當大的差異。用最簡單的方式來說，前面那段連接盜洞和墓穴入口的路徑，幾乎沿著一條直線前進，可是墓穴中的地道，則蜿蜒曲折，甚至忽上忽下，毫無任何規律可言。

或者應該這樣說，規律只有一個，就是避開墓穴內所有的機關。

然而，良辰美景做夢也沒想到，她們進入墓穴之後，爬行了不多久，還沒見到半件古物，竟然就觸發了致命的機關！

事過境遷之後，兩人回憶道：「我們可以對天發誓，絕對沒有亂闖，完全依照齊白叔叔所畫的路線前進，而且順序絕對沒有弄錯。兩次碰到岔路，我們都再三核對……」

既然這樣，她倆為何還會觸動機關？事後經過我們推理，道理其實簡單之極，但這是後話，暫且表過不提，因為想必大家急著知道，良辰美景到底觸發了什麼致命機關！

千萬不要猜，從墓穴深處，射出一大篷飛鏢，或是飄來一陣劇毒的氣體，這類的防盜機關，即使並非小說家的幻想，也只可能出現在大型墓室中。

而這座西周古墓，墓穴內幾乎沒有多餘的空間，要讓盜墓賊進得來出不去，方法再簡單不過，只要將他們挖掘的盜洞，重新填滿即可。

卻說在出事之前幾秒鐘，良辰美景已經感到大事不妙，因為原本寂靜無聲的地底，突然響起了低沉的隆隆聲。

那聲音陌生之極，良辰美景立刻有了不祥的預感！

說時遲，那時快，隨著隆隆聲越來越近，一股源源不絕的濃稠泥漿，向她們迎面撲來，雖說並沒有雷霆萬鈞之勢，仍舊帶著濃厚的死亡氣息。

良辰美景想也不想，第一時間向後退去，但是在如此狹窄的地道中，前進已經相當吃力，後退自然更加困難。（原本根據齊白的路線圖，她們可以在墓穴內繞行一圈，根本不必這樣硬生生倒退。）

她們退了還不到十公尺，已經心知肚明，照這樣的速度，不出一分鐘，泥漿就會追上她們！

短短一分鐘，她們頂多只能退到墓穴入口，問題是，還要穿過一百公尺的聯絡通道，才有可能重見天日。所以接下來，一定是前面的良辰首當其衝，而後面的美景，也只能多活十幾秒而已。

除非——

在這個生死關頭，兩人將孿生子之間的心靈感應，發揮到了極致，不到一秒鐘，已交換了如下的訊息。

——除非我們利用這一分鐘，轉個方向，以頭前腳後的方式，加速爬出地道。

——可是，在這個寬僅兩尺的地道內，即使柔若無骨，想要轉個身，也絕無可能。

——那就只有兵行險著，我們自己炸出一個轉身的空間。

——不行，十之八九會將整個地道炸塌了。

——那又有什麼差別？

——也對，死馬當活馬醫吧！

於是，美景以最快的速度取出手槍，指向身後，又猶豫了好幾秒，才終於朝斜上方，射出一發特製的達姆彈。

* * *

齊白闔上了蓋，把盒子在手心上搖了兩下，交給了我。我接了過來，齊白忽然笑了起來，指著盒子：「我的一生，也可以算是多采多姿了，可是把全部加起來，也只不過是軟件上的一點資料而已。」

我揮了揮手：「那沒有什麼可以感嘆的，世上絕大多數人的一生是乏善足陳，沒有什麼可以記載的，四個字可以終其一生，還有一個是虛字。」

齊白揚眉問：「哪四個字？」

我道：「活過，死了。」

齊白又笑：「我當然不只這四個字，這裡面的資料，包括了我曾進去過，也只有我一個人知道它們的所在和出入方法的一百三十七座古墓的一切資料……」

——**摘自《改變》**

II / ①

貳之一

社長

奧昆嘆了一聲，道：「那時，我們開始挽救因為環境變化而在死亡邊緣掙扎的生物。我們竭盡了一切力量，來保存當時地球上的高級生物，尤其集中力量在保存哺乳動物上。」奧昆講到這裡，聲調之中，有一股莫名的悲哀。白素發出了「啊」的一下驚呼聲，聲音雖然不是很大，但也足以表示她內心的震驚。奧昆立時向她望來，道：「衛夫人一定已經知道這樣做法的結果是怎樣了？」

白素的聲音聽來相當低沉，道：「是，結果，那些動物度過了冰河時期，而其中的某一種哺乳動物，持續進化，形成了靈長類的動物，再進一步，就進化成了人。」

——**摘自《第二種人》**

那天，白素和紅綾一早便去接機，只有我一個人在家，門鈴響起，自然由我去應門。門外站著一名老者，看來已七十開外，一身穿著打扮卻相當入時，頗像一位走在時代尖端的企業家。

雖然明知他是誰，可是我無論如何，不敢相信自己的眼睛。

無獨有偶，老者同樣以無法置信的目光，不斷上下打量著我。

就這樣，我們一主一客，分別站在門裡門外，一言不發，至少怔了兩三分鐘。

然後，我們才不約而同，幾乎同時開口，高聲喊著彼此的名字。

他喊的當然是衛斯理，我喊的則是——徐月淨！

時間是二〇〇五年初，距離我上一次見到他，已經超過半個世紀的歲月。

徐月淨怎麼會出現在我家門口？且聽我從頭道來。

前一年的初秋，我突然精神失常，在醫院住了好些時日，才終於回家休養（但我當然閒不下來，隨即開始醞釀撰寫回憶錄）。

起初，白素為了讓我安心靜養，謝絕了所有的訪客（甚至包括她的父親白老大），但不久之後，在主治醫生梁若水建議下，這道禁令不但取消，而且有了一百八十度轉變，換句話說，對於任何訪客，我們幾乎來者不拒。

因此，一兩個月之內，我所見到的親友故舊，超過了過去十年的總和。

用誇張一點的說法，凡是我和白素的「一度朋友」，只要還有聯絡的，不管人在天涯還是海角，十之八九都在那段時間，曾在我家客廳出現過。

其中，當然有不少久未謀面，甚至完全意想不到的訪客，徐月淨就是最好的例子。徐月淨這個名字，讀者諸君應該並不陌生。我在回憶錄中，已經不只一次，介紹過這位初中時代的老同學。

想當年，我和他可說是臭味相投，兩人都堅信所謂的天上仙人，並不屬於玄學範疇，應該都能找到科學的解釋。

我們這兩個初生之犢，除了紙上談兵之外，還真正付諸過行動，結果差點惹出大禍——多年後，我將這段經歷，記述成《雨花台石》在報上發表，因而和失聯已久的月淨，重新取得了聯絡。

不過，其後二十多年，我們僅止於書信往返，更正確地說，幾乎都是月淨單方面給我寫信。

至於原因，之前我也提過，簡單一句話，就是道不同不相為謀。因為在我看來，當年那位充滿好奇心和想像力的徐同學，早已不復存在，如今的徐月淨，是個冥頑不靈的科學死硬派。

由於這類死硬派比比皆是，再加上政治力推波助瀾，徐月淨輕而易舉呼朋引伴，成立了所謂的「正統科學社」並自任社長，二三十年來，在中國乃至世界各地，不遺餘力地聲討他們眼中各式各樣的「怪力亂神」。

而我所發表的那些記述，自然也在他的聲討之列。關於這一點，我在回憶錄中，已有過兩次詳細討論，在此就不再贅言。

總而言之，當我收到月淨的電郵，說他輾轉獲悉我在養病，打算親來探望，我心中頗為猶豫。

一方面，所謂話不投機半句多，過去許多年來，我連月淨的來信，幾乎都懶得回，如果和他面對面，場面勢必相當尷尬。但另一方面，一個人年紀越大，就越會懷念舊友和舊情，所以老實說，我早就有心返鄉，和幾位老同學見上一面——甚至我早已想好了，為了避免任何不愉快，和月淨見面時專門敘舊，絕口不談其他——這個心願一直沒有實現，如今陰錯陽差，反倒是月淨要風塵僕僕，從內地來到香港探望我。

我只猶豫了幾秒鐘，便回了一封電郵，歡迎月淨隨時來訪。

於是，大約十天半個月之後，這位遠客兼稀客，便出現在我家門口，因而有了前面提到的那齣默劇。

在我們的熱情擁抱下，默劇告一段落。我將月淨迎入客廳，正在思索該如何打開話匣子，忽然心生一計，又將他帶到了二樓的書房。

我這間書房，面積雖不算大，但藏書相當豐富，而且五花八門各種各類的主題，幾乎無所不包。幾十年來（尤其是在網路尚未出現的時代），這幾千冊藏書，對於我從事神秘事件的探索，提供了莫大的幫助。

記得我曾經提到，之所以養成藏書的習慣，追本溯源，正是受到月淨的影響，因此我一直有個心願，要當面謝謝他，如今正是最好的時機。

我一本正經地對他敘述這段心路歷程，月淨卻有些心不在焉，忙著四下打量那些藏書，一會兒點頭，一會兒又搖頭。

他花了十多分鐘，總算將每個書櫃都匆匆瀏覽一遍，我大致算了算，他搖頭的次數，至少是點頭的三倍。

我當然明白這代表什麼意思——在他這位「正統科學代言人」眼中，我的藏書至少有七八成，屬於玄學、迷信、反科學和偽科學的著作。

而這也代表，雖然他還沒有開口，但在這間書房內，已經不知不覺，出現了劍拔弩張的緊張氣氛，眼看一場激烈的唇槍舌戰，隨時可能爆發。

幸好這個時候，突然來了一位不速之客。

這位不速之客並非別人，正是大家再熟悉不過的溫寶裕，所以我當然不必替他開門，因為他一直保有我家的鑰匙。

（後來我才明白，這其實是白素的精心安排，因為她相信，只要有小寶在場，就絕不可能出現我和月淨話不投機、面紅耳赤，甚至一言不合大打出手的場面。）

溫寶裕顯然預先知道了客人的身份，因為他人未到，聲先至，扯著喉嚨喊道：「聽說鼎鼎大名的徐大叔來了，晚輩有失遠迎，特來當面——」

這句話還沒講完，小寶已經走進書房，見到了站在書櫃前的徐月淨，不禁怔了好一會兒，才一面作揖，一面繼續道：「——當面向徐大叔謝罪！」

然後，溫寶裕竟毫不避諱，當著徐月淨的面，向我抱怨道：「都是你不好，每次聽你提起徐大叔，我腦海中總會浮現『老土』形象，害得我一時之間，差點以為認錯了人。」

我急忙辯解道：「老實說，連我自己也不敢相信，這老小子如此跟得上時代。」

徐月淨一面摸著小鬍子，一面哈哈大笑：「這都是拜改革開放之賜，十幾二十年前，我的的確確是個道地的老土。」

我這才鬆了一口氣。溫寶裕不愧是溫寶裕，隨隨便便脫口而出的一句話，竟然就替我們化解了緊張的局面。有了這個開場白，接下來，氣氛就輕鬆多了，我和月淨開始天南地北，聊起過去五十多年來，彼此的生活點滴（月淨難免提到當年吃的苦，令溫寶裕聽得瞠目結舌）。

不久之後，我就明顯感覺到，月淨和我一樣，十分珍惜這次的重逢，所以在敘舊之際，我們的話題儘量存異求同，避免談到針鋒相對的問題。這就代表，如今坐在我面前的老同學，和寫信批評我的徐月淨，可說判若兩人。

然而，該來的終究還是會來，我們盡興聊了兩三個鐘頭之後，話題終於轉到我的病情上。月淨不改追根究柢的本色，非要我將來龍去脈講個清楚不可。

由於當時我已決定，要將夢中世界的經歷，以回憶錄的方式公諸於世（只是尚未正式動筆），所以我壓根兒沒想對月淨做任何隱瞞。

話說回來，根據我對老同學的瞭解，這種匪夷所思至於極點的經歷，他不但絕不會相信，一定還會嗤之以鼻。這樣一來，老友重逢的歡樂氣氛，勢必立刻變調，即使有溫寶裕在旁插科打諢，恐怕也起不了什麼作用。

我的一貫原則是，任何一件事情，無論多麼古怪或多麼普通，我可以絕口不提，也可以一筆帶過，但絕對不會隨便編個故事，搪塞任何人——包括我的忠實讀者在內。

我在猶豫之餘，不知不覺揮了揮手，這本是無意識的動作，不料溫寶裕看在眼裡，卻誤以為我懶得開口，打算請他代勞。

小寶一直相當關心我的病情，甚至還擔任過我的「醫療顧問」，和梁若水醫生，共同研究我的病因，所以對於我精神失常的前因後果，自然知之甚詳。

於是，我索性將錯就錯，任由小寶替我發言。

結果，溫寶裕滔滔不絕，口沫橫飛，至少花了一個半鐘頭的時間，才將我在夢中世界的遭遇，鉅細靡遺地敘述了一遍。

由於這段真幻難分的經歷，牽涉到了我的許多故事（例如《頭髮》、《密碼》等等），溫寶裕在講述之際，原本還擔心月淨對這些故事並不熟悉，可是不久之後，他就赫然發現，對方也可算是一位衛斯理專家！

不過，令溫寶裕欣慰的是，月淨雖然對於我的記述，幾乎也能如數家珍，但無論如何，搶不走小寶「天字第一號衛斯理專家」的頭銜。

原因很簡單，小寶對於我一生的經歷，可說倒背如流，也就是說，他腦中有個完整之極的衛斯理資料庫——常常連我也自嘆不如，不只一次誇他「對於衛斯理的熟悉程度，在我本人之上」。而月淨或許因為半路出家（不像小寶從小蒐集我的事蹟），也或許因為上了年紀，記憶力大不如前（他年輕時也堪稱過目不忘），所以不得不借用一些輔助工具。

比方說，當小寶敘述到我在夢中世界，向許多病友宣稱，曾造訪過天堂之際，月淨突然舉手喊停，從西裝口袋中，掏出一樣東西，隨即對我咧嘴一笑，道：「衛斯理，可還記得《天外筆記》？」

我之前在專章介紹月淨時，曾經強調他做事總是一板一眼，就連研究外星人也不例外。所以當年那本《天外筆記》，密密麻麻寫滿了他在各種文獻中，所發現的古代外星人線索。

當下我只點了點頭，並未答話，月淨繼續道：「如今時代進步了，連做筆記都方便多了。」他舉起手中那件東西，面有得色道：「小小一個電子筆記簿，不但將你的一兩百本小說，通通裝在裡面，還能做各式各樣的搜尋，可說方便之極。哈，真好，你家也可以無線上網！」

溫寶裕不禁伸了伸舌頭，還對我做了一個鬼臉。這也難怪，即使在電影裡，恐怕也看不到頭髮花白的七旬老翁，認真操作電子筆記簿的鏡頭。

月淨低頭操作了一陣子，隨即道：「找到了，衛斯理造訪天堂的故事，記述在《頭髮》這本書中。嗯，當時你正值壯年，創作力豐沛，這個故事寫了十幾萬字，還意猶未盡，不像最近的作品，七八萬字就難以為繼了。」

我懶得和他鬥嘴，溫寶裕卻接口道：「啊，徐大叔也注意到了！衛斯理年紀越大，越是惜墨如金。我不只一次，代表廣大讀者向他請命，甚至替他裝了聲控電腦，希望他能多『唸』一點，衛斯理卻依然故我。不過沒關係，他即將開始寫一套回憶錄，這回我一定……」

小寶這番話並未講完，就被我硬生生打斷，要求他言歸正傳。否則根據我的估計，這一老一少如果開始夾纏，一天一夜也難以回到正題。

總算，在我的嚴格督促下，溫寶裕勉強在兩小時內，將我的夢中世界經歷轉述完畢。與此同時，徐月淨也終於將目光從電子筆記簿移開。剛才，自從他掏出那玩意兒之後，就一直低著頭，一面聆聽小寶的敘述，一面查找相關資料。

而我一看到月淨的表情，就對接下來會發生什麼事，料到八九不離十——但是這也代表，後來仍有一兩成意想不到的驚奇。

月淨似笑非笑地望著我，道：「衛斯理，小朋友說的都是真的嗎？」我鄭重其事地點了點頭，他又道：「你真的只因為做了一場夢，竟然就發了瘋，進了精神病院？這……這實在……」

溫寶裕搶著解釋：「衛斯理可不是做了一場普通的夢，他是進入了夢中世界，這兩者絕不能混為一談。」

徐月淨被這句話，激起了無比鬥志，就連一雙老眼，都射出懾人的光芒。他猛吸一口氣，咄咄逼人地問道：「既然都是夢，為何不能混為一談？」

溫寶裕結結巴巴：「是衛斯理自己說的，那絕不是普通的夢境，否則夢醒之後，不可能有那麼清晰的記憶，六天六夜，幾乎每個細節，他至今都記憶猶新。喔，對了，雖然夢境長達六天，可是實際上，他頂多只睡了一兩個鐘頭，這就代表夢中世界的時間速度，和真實世界大不相同！」

徐月淨露出無法接受的表情：「小朋友，我還以為你受過正統科學訓練！」

聽到這句話，我再也忍不住了，挺身而出，替溫寶裕仗義執言：「月淨，你說我沒受過科學訓練，我只好認了，可是人家小寶，卻是數學系第一名畢業的。」

徐月淨呵呵乾笑了兩聲，誇張地道：「數學系高材生又怎樣，連最基本的科學實證論都不懂！」

溫寶裕雖然心中不服，但他對長輩講話，一向相當有分寸，所以仍耐著性子，畢恭畢敬道：「請問這和科學實證論，又有什麼關係？」

徐月淨以標準的說教口吻，一口氣道：「科學實證論的大前提，就是先要分清楚，哪些現象可以實證，哪些不行——所有的夢境，都是當事人的唯心感受，當然屬於不能實證那一類。」

溫寶裕也並非省油的燈，立即提出質疑：「可是科學家早已測量到，人在做夢時，腦波會有明顯的變化。」

徐月淨皺起眉頭：「科學儀器，能夠測量到夢境的內容嗎？」小寶啞口無言，月淨則乘勝追擊：「古往今來所有的夢境，無一不是唯心的經驗，所以不論莊周夢蝶或蝶夢莊周，全都一樣虛幻！如果只因為做了一場怪夢，夢見自己進入所謂的夢中世界，遇到什麼夢中生物，就導致精神失常，那可真是滑天下之大稽了！」

溫寶裕試探著問道：「徐大叔的意思是，所謂夢中世界的經歷，只是衛斯理自己做的一場夢？」

不待月淨開口，我已忍不住喝叱：「小寶，你自己聽聽自己在講什麼！」

溫寶裕一時沒會過意來，直到他將剛才那句話，又默唸了一遍，這才漲紅了臉，雙手亂搖：「不是不是，我的意思是，徐大叔認為，所謂的夢中世界，只不過是你的夢中產物罷了。唉呀唉呀，這麼說好像還是換湯不換藥，怎麼這個問題兜兜轉轉，就硬是轉不出去！紅綾為何剛好不在家，如果有她幫忙腦力激盪，一定不至於陷入這樣的困境！」

我暗自嘆了一聲佩服，月淨真是寶刀未老，三兩下工夫，竟然就令溫寶裕敗下陣來。事到如今，我不得不親自出馬了。

但我當然不會像小寶那樣，和徐月淨這種邏輯高手，大玩文字遊戲，所以我一開口，就直指問題的核心：「嚴格說來，我是那天早上醒來，才受到嚴重刺激，導致精神失常。」

徐月淨心領神會地點了點頭：「嗯，小朋友剛剛說了，你醒來之後，將你的一百多本小說，從頭翻到尾，發現那個夢中生物所說盡皆屬實，這才發瘋的。」

我正準備接著說下去，溫寶裕突然恢復了鬥志，搶先一步道：「對，所以說，姑且不論夢中世界是否真正存在，衛斯理一生中，居然發現了四個版本的創世紀，仍是不爭的事實——這個未解之謎，徐大叔有什麼看法？」

徐月淨冷笑一聲：「最簡單的解釋，就是衛斯理寫小說，寫得走火入魔，真幻不分，那四個創世紀版本，都只是他的筆下產物。」

這回溫寶裕顧不得敬老尊賢了，他霍然起立，義正辭嚴地反駁：「我可以作證，衛斯理那些經歷，絕對是真實的，因為我都親身參與了！」

月淨看了看手中的電子筆記簿，才抬起頭來，道：「衛斯理去天堂那回，小朋友，你也親身參與了嗎？」

溫寶裕立刻像是洩了氣的皮球：「唉，只有那件事例外，當時我還小，還沒認識衛斯理。」

月淨露出詭異的笑容：「既然如此，你為何還相信那六年間，衛斯理真的離開地球，去了天堂？」

溫寶裕重新振作精神：「因為，有數不清的間接證據，顯示衛斯理那六年間，肉體進入冬眠狀態，靈魂飛到了天堂星。」我注意到，小寶講話也越來越小心，顯然是怕被徐月淨又抓到漏洞。

徐月淨則哼了一聲：「再多的證據，也只能證明，衛斯理一口氣昏睡了六年，才清醒過來。在一個科學實證論者看來，衛斯理所謂的天堂之旅，和他在夢中世界的經歷，其實大同小異！」

溫寶裕一雙眼睛瞪得大如牛鈴：「真的嗎？此話怎講？」

徐月淨不假思索：「《頭髮》裡面不是一再提到，利用一種儀器刺激腦部，就能令人夢到天堂的情景嗎？」

溫寶裕立刻駁斥：「不對不對，那種簡單的儀器，只能令人做夢，並不能讓人冬眠，更不能令活人靈魂出竅。」

徐月淨低頭作沉思狀（其實又在求助電子筆記簿），半晌才道：「假設《頭髮》裡面的記載，多多少少都有根據，那麼幾乎可以斷言，後來令衛斯理冬眠六年的裝置——套用今日的科技術語——只是一具十分先進的互動式虛擬現實模擬器！」

溫寶裕猛然張大嘴巴，可是或許震驚過度，一時之間說不出話來，只能發出毫無意義的呼哧呼哧聲。不料，當他連續變換了七八種表情，終於能夠口吐人言之際，竟然道：

「有道理！早就有人預測，虛擬現實模擬器發展到最後，一定反璞歸真，既不需要耳機，也不需要頭盔，更不需要什麼力回饋手套——只要將足以亂真的訊號輸入大腦，就能創造一個真假難辨的虛擬現實情境。對了，衛斯理自己也說過，有感覺就是真，沒感覺就是假……」

之前我萬萬想不到，徐月淨和溫寶裕，這兩個思考模式完全不同的人，居然會越談越投機。偏偏在我聽來，他們言不及義的程度，也越來越甚，所以我這個局外人，自然懶得繼續奉陪，索性將書房留給這一老一少，讓他們爺兒倆聊個痛快。

我悄悄走出去，下樓來到客廳，選了一張華格納的音樂光碟，不一會兒，便沉浸在北歐神話的奇詭瑰麗境界中（這也算是一種虛擬現實吧）。

結果，當天月淨和小寶，在隔音效果絕佳的書房內，暢談了四五個鐘頭，兩人才終於出關，爭先恐後向廁所衝去。

回憶到此，我不禁再次感嘆，人生的際遇，實在太難料了。當天，如果我沒有中途退場，後來許多事情，一定會有不同的發展。

因為，徐月淨和溫寶裕的馬拉松長談，雖然在我當時看來，是標準的浪費生命，但事後回顧，卻在整件事情上，起了相當關鍵的作用。

所以有必要，將他們當天的對話，根據溫寶裕後來的轉述，摘要整理一下。

剛才提到，當我離開書房之際，小寶正在附和月淨的「虛擬現實」理論。後來小寶回憶道，當他聽到徐月淨這麼說，腦袋裡突然爆出「轟」的一聲巨響，體會到了禪宗所謂的頓悟，究竟是何等境界（想必這就是他瞬間做出七八個表情的原因）。

而在我離開書房後，小寶和月淨繼續你一言我一語，熱烈討論如何利用這個虛擬現實理論，來解釋《頭髮》所有的情節。結論是，這個理論和我的記述，並無任何牴觸之處，因此，根據徐月淨的科學實證論，當年我在天堂，所遇到的A、B、C、D等人，有可能只存在於電腦模擬的虛擬現實之中，自然和人類的真正起源，沒有任何瓜葛。

得出這個結論之後，溫寶裕高興得哇哇大叫：「太好了，衛斯理的創世矛盾之謎，一下子被我們解開了四分之一！」

徐月淨卻白了他一眼，追問道：「為什麼是四分之一？」

溫寶裕一副無辜的表情：「剛才不是說了嗎，衛斯理一生中，發現了四個版本的創世紀，除了《頭髮》之外，還有……」

徐月淨毫不客氣：「你這個天字第一號衛斯理專家，我看只是浪得虛名！」

雖然這時，小寶對月淨已佩服得五體投地，可是聽到這句話，仍險些罵了一句粗口，好在話到嘴邊，及時吞了下來。

月淨自然看得出小寶很不服氣，冷笑道：「根據我的精確統計，衛斯理一百多個故事中，有關人類的起源，至少還有兩個版本！」他一面說，一面射出挑釁的目光，緊盯著溫寶裕不放。

溫寶裕挺身捍衛自己的榮譽，道：「給我五分鐘時間！」說完，立刻向角落的一個書櫃衝去。

或許大家已經猜到，那個書櫃，專門擺放我自己的著作。幾個月前的一個清晨，我曾將裡面的書，一本本撕得粉碎，隨即被送進了精神病院。在我住院期間，白素花了許多心血，將書房恢復原狀，包括購置了一套全新的「衛斯理全集」，放回那個書櫃中。

五分鐘不到，小寶已興匆匆抱回兩本書，交給徐月淨，道：「是不是這兩個故事？」月淨隨即露出孺子可教的眼神。

溫寶裕卻毫無得色，反倒重重嘆了一口氣：「真是一波未平，一波又起！」

徐月淨則信心滿滿地安慰他，道：「放心，只要這些故事，並不是百分之百捏造的，就一定找得到正統的科學解釋。」

溫寶裕正色道：「如果說衛斯理只有一個優點，那就是絕不會憑空捏造事實，頂多只會做些藝術加工。對了——」他指著徐月淨手中一本書，道：「早就有人質疑，《環》這個故事漏洞百出，衛斯理卻偏偏堅持，這本書裡所記述的，都是他的真實經歷，藝術加工的成分少之又少！」

徐月淨露出不解的神情：「我早就利用科學實證論，替這個故事找到一個正統科學解釋。難道說，我寫給衛斯理的信，他沒給你看嗎？」

溫寶裕將腦袋搖得像博浪鼓，月淨乾笑了兩聲：「無妨，現在說給你聽也不遲。」他翻開《環》這本書，道：「你看看這一段，衛斯理前往土星環的過程，和《頭髮》裡面的天堂之旅，是不是如出一轍？」

根據小寶事後回憶，當時他兩腳一軟，差點沒跪下來，因為，這個困擾他十多年的衛斯理未解之謎，竟然被徐月淨輕輕鬆鬆，就找到了「合理的答案」。

換句話說，徐月淨三言兩語，便說服了溫寶裕，我當年造訪土星環的經歷，其實也是一種虛擬現實的模擬。

聽了溫寶裕轉述這段對話，我當然表示不能接受，可是一時之間，也無法提出有力的反駁，因為正如我在《環》所記述的，當年我前往土星環的「交通工具」，是一間隔絕了所有光線和聲音的斗室，我在裡面睡了一覺，醒來之後，就抵達了土星環，而回到地球的方式，也和去程一模一樣。

所以，如果硬要將我的土星環之旅，視為電腦模擬的虛擬情境，的確也可以說得通——雖然我自己仍堅決相信，那趟旅程是如假包換的真實經歷！

至於溫寶裕找到的另一本書，也大大出乎我意料之外，不過，與其由我來轉述，不如直接聽聽他們爺兒倆的對話——

溫寶裕道：「徐大叔真不簡單，我還真忘了，《第二種人》裡面，的確也提到了人類的另一種起源。」

徐月淨以權威的口吻道：「從科學實證的角度，這個版本的人類起源，要比其他五種，都來得可信。」

溫寶裕自然追問原因，月淨氣定神閒地答道：「因為這個版本，和外星人毫無關係，所以最符合達爾文的演化論。」

溫寶裕點了點頭，卻突然又搖了搖頭：「可是無論如何，人類的起源只能有一個，其他幾個和外星人有關的版本，又該如何排除呢？比方說，我們曾在那個神秘雞場，發現『上帝』當年將自己的基因，和地球動物的基因結合……」

徐月淨揮手打斷了小寶的話，道：「記住，只要肯動腦筋，無論任何難題，都能找到正統科學解釋。我們姑且假設，真有一群自稱上帝的外星人，在地球上製造了一批半人半獸的生物，但這並不能代表，那批生物就是現代人的祖先。嗯，我來查查看——」

幾分鐘後，徐月淨將電子筆記簿遞給溫寶裕，道：「考古學家早就懷疑，尼安德塔人和現代智人，並無血緣關係。自從二十世紀末，尼安德塔人的基因出爐後，更增加了這個說法的可信度……」

III / 1

叁之一

天王

我曾經以〈巧奪天工〉為章名，詳細敘述戈壁沙漠兩人的背景。因為，戈壁沙漠曾經不只一次提到，他們舉世聞名的「天工第一級」榮銜，正是源自這個成語。

不多久，我便收到一位讀者來信，在這封長信中，他針對「天工」兩字，做了深入的探討。

最後，他大膽假設，戈壁沙漠這兩位怪傑，雖然擁有極高的科技天分和工藝造詣，可是兩人的中文程度，恐怕只有「一般的水平」。

因為根據他的看法，在中文典籍裡，天工兩字單獨使用的機會很多，而且意義絕對比「巧奪天工」這個成語更為深遠。言下之意，他認為戈壁沙漠的頭銜，其實另有來源。

為了支持自己的論點，他旁徵博引，考據極其詳盡，我在這裡當然無法一一詳述，只打算摘錄兩則令我印象最深刻的，和大家分享。

其一，是一則重要電報的譯文，雖說是重要電報，內容其實短到不能再短，所以翻譯成中文，只有短短四個字：「此乃天工」。那是公元一八四四年，人類發明電報之後，利用這種新型通訊器材，所發出的第一個電訊，原文是「What hath God wrought」。

其二，則是一本古籍的書名《天工開物》。

我對這位讀者的觀點，雖然相當認同，但並未針對這個問題，繼續探索下去（甚至沒有和戈壁沙漠，提過這封信），因為這種引經據典的考據，並不在我的好奇心範圍之內。

但由於這個小插曲，我從書房的一角，找出了塵封已久的《天工開物》，隨手翻了一遍。

算起來，我至少已有三十年，沒碰過這本書了，對於其中的內容，僅有大略的印象。這本由明朝一位落第書生獨力完成的著作，記載了中國人自古以來各項科技發明，內容洋洋大觀，應有盡有，甚至被譽為「中國古代科技百科全書」。這和西方學者認為《本草綱目》是「中國古代藥學百科全書」，《洗冤集錄》是「中國古代法醫學百科全書」，道理完全一樣。

照理說，過去三十年間，人類科技突飛猛進，如今我再度翻閱這本古籍，應該更加感到內容過時，不可能勾起我的任何興趣。

事實則恰恰相反，當天我竟然越讀越起勁，意猶未盡之餘，又坐在電腦前，搜尋了好些相關的網站。

我之所以心血來潮，研究起中國古代科技，追根究柢，還是和戈壁沙漠兩人，脫離不了關係。

正如我在〈巧奪天工〉這章所說，戈壁沙漠的師承，可遠溯到三千年前，而且一脈相傳，始終未曾斷絕，所以我好奇，在《天工開物》這類典籍中，能否找到這個「門派」的雪泥鴻爪？

我做了兩三天業餘歷史學家之後，得到的結論是，在所有的文獻中，都找不到明顯而直接的證據，不過間接證據，還是有好幾宗。

比方說，春秋戰國時代的巧手匠人，例如眾所周知的魯班和墨翟，都很像是「從石頭縫裡蹦出來的」，完全考據不出他們的師承來歷，因此我推測，他們和那個「門派」，或多或少有些淵源。

又比如，中國古代有不少巧匠，善於製造栩栩如生的「人偶」，從典籍中有關那些人偶的描述看來，它們和戈壁沙漠的祖師爺所造的「歌舞機器人」，應該有若干血緣關係。推而廣之，就連諸葛亮發明的「木牛流馬」，都有可能是這門古代科技的旁支。

可惜的是，顯然這個神秘門派，保密功夫相當到家，流出的科技少之又少，以致我所找到的，都只是一些零零星星的線索。

但我還是勉強歸納出一個模式：每當這個門派的科技流到外界（無論原因為何），一時之間，幾乎都會大放異彩，可是不久之後，那些科技又會失傳，成為歷史遺跡。

看到這裡，一定有不少人納悶，既然我和戈壁沙漠是多年好友，彼此幾乎無話不談，為何我要自己閉門推敲，而不直截了當找他們問個明白？

答案很簡單，即使到了二十一世紀，有些江湖規矩，仍舊必須遵循——凡是愛看武俠小說的朋友，想必都很清楚，打探別家門派的私隱，是江湖上最大的禁忌。

退一萬步來講，戈壁沙漠對於我的問題，也絕非有問必答，例如他們為何將自己的住所造得那麼怪，直到今天，我都還沒有追問出所以然。

如此說來，這個話題也該點到為止才對，然而，那幾天的業餘歷史研究，令我有個不吐不快的想法，索性順便說一說。

那就是，所有研究中國科技史的專家，無論古今中外（包括近代最有名的李約瑟博士），在他們的著作或言論中，總是流露出懷古和遺憾的態度，一律缺乏積極進取的精神。

我所謂的懷古，就是一天到晚只知道將「四大發明」掛在嘴邊，甚至不厭其煩地強調，若非中國古人發明了造紙術、印刷術、指南針和火藥，就不會出現當今的西方文明。

至於遺憾，則是感嘆中國命運多舛，一再錯失良機，以致未能在百餘年的科技革命過程中，佔有一席之地。

換句話說，這些專家全部默認了一件事：中國古代科技都是「俱往矣」的歷史素材，只能供後人憑弔而已。

從來沒有任何一位科技史家，敢說中國古代的科技遺產，到了太空時代，仍舊歷久彌新，並且能對現代科技，做出具體的、積極的貢獻！

或許因為他們都太過保守，但我認為更可能的原因，是他們欠缺「化腐朽為神奇」的慧眼。

（什麼叫作化腐朽為神奇的慧眼？我來舉個絕佳的例子：想當年，米開朗基羅看到一塊不起眼的大理石，立刻驚呼：「摩西在裡面，我要將他釋放出來！」）

我之所以這樣說，其實是有感而發，因為不久之前，我親身見證了一個實例。

這個實例的主角，是一位波斯人，名叫希布棱斯·倫三德。

他擁有一個至高無上的頭銜——天工大王。

天工大王倫三德，在我之前的記述中，出現過不只一次，地位不可謂不重要。然而直到目前為止，這套回憶錄，始終還沒有機會提到他。

天工大王一生的事蹟，值得大書特書者不勝枚舉，但既然在回憶錄中，這是他第一次出場，當然應該揀最重要的先說。

而我所謂最重要的，當然是「天工大王」和「天工第一級」這兩個頭銜，皆有天工兩字，到底是巧合，還是其來有自？

答案是後者！也就是說，兩個頭銜同出一源。

至於兩者的高下，應該不難從字面上顧名思義，如果大家懶得打啞謎，不妨聽聽戈壁沙漠怎麼說：「所謂『天工』，是取巧奪天工之意，『大王』自然是舉世第一。這是超級藝匠之間自己所定的玩意兒，但一直受人重視，除了天工大王之外，還有天工第一級、第二級和第三級，可以自封，但要接受挑戰，接受挑戰三次而成功，銜頭就落實了，但仍需不斷接受挑戰，情形和拳王爭霸，很是近似。」

想當年，我聽了他們這番話，大呼不可思議：「竟有這等事，真是天下之大，無奇不有了！」

戈壁沙漠答道：「那只是超級巧匠之間的事，常人自然不知，這種巧匠，分佈世界各地，從事各行各業，加起來，也不會超過五百人！」

然後，戈壁沙漠首次向我透露，他們早在二十年前，已經是天工第一級。可是接下來，兩人又神情苦澀地道：「人人都想擁有『天工大王』這個銜頭，可是我們卻不敢挑戰，因為挑戰一失敗，我們就要拜他為師，從學徒當起，這對我們來說，是絕無可能之事！」

兩人沉默了一會兒，沙漠又道：「師父臨終時，曾把情形分析給我們聽，說不論我們出什麼難題，都不可能難倒天工大王。但挑戰就算失敗了，也不會有害處，因為拜在大王門下，雖然不免受若干屈辱，但是在技藝方面，也必然大有所獲！」

戈壁接口道：「誰知道會有什麼樣的屈辱，所以我們商量下來，決定不去挑戰。」

沙漠忿忿不平：「想起師父在生時所受的那麼多氣，真應該向他挑戰！」

戈壁則比較深思熟慮：「我們現在何嘗不受氣，但是若輕舉妄動，情形只有更糟！」

我原本以為，兩人所謂的受氣，只是自覺低人一等，以致心中鬱悶，沒想到，戈壁沙漠隨即解釋道：「他是天工大王，有權定期或隨心所欲地考察所有藝匠的技藝，若藝匠的製品被他認為不合格，就要降級！」

接著，戈壁沙漠你一言我一語，講了一個實際的例子：「去年，十二個天工一級的藝匠，各人都收到了一份圖樣，製造一個精巧之極的部件，單是那一個部件，誰也猜不到有什麼用，等到好不容易造好了，十二個人集齊，把十二個部件嵌好，仍然不知那是什麼，可是一接通電源，那東西就發出了三下哈哈大笑聲來。」

我不禁啞然失笑：「這又有何難？」

兩人答道：「這自然不難，難的是，在大笑三聲之後，整個物件，在三秒鐘之內，自動解體，每個部件，均由三百個零件組成，我們數了一數，一共是三千六百個零件，再也沒有一個是聯在一起的！」

我悶哼一聲：「這種惡作劇很難安排？」

戈壁沙漠尖叫道：「很難，簡直難到了極點，難到了不可思議！不知要經過多少精確的計算，一點也不能出錯，才可以有那樣的效果！」

至於戈壁沙漠的師父，生前受到何等屈辱，不久也真相大白，原來這位巧手匠人，當年同樣是天工第一級，但終其一生，不敢挑戰天工大王，並引為生平最大憾事。（我忍不住猜想，他們的師父之所以英年早逝，會不會正是抑鬱而終？）

關於這一點，戈壁沙漠當天，舉了一個最現成的例子：「像這金環，當年就是他下令要師父打造，條件極苛，那些金片上，都要刻有圖案，而每一環之間，還要有極細的彈簧，堪稱當世工藝之絕，誰知道他竟然用來套在一頭鷹的腳上！」

趕緊聲明一下，我當然明白，上面這句話，會令很多人一頭霧水，但我還是決定先寫出來，再好整以暇，慢慢解釋箇中緣由。

剛才已經說過，在我的記述中，天工大王地位相當重要，原因則不一而足。

原因之一，就是上述他和戈壁沙漠及其師父的淵源。

原因之二，他曾機緣湊巧，和困在多向時空的原振俠，有過間接的接觸（關於這點，絕非三言兩語所能交代，後面自有詳述）。

原因之三，這位倫三德先生，和我的岳父白老大，居然也是舊識，但是兩人早年，顯然曾有一段錯綜複雜的恩怨。

原因之四（就某個角度而言，這才是最重要的一點），那隻和紅綾交情匪淺的神鷹，原來的主人，正是這位天工大王！

至於他為何將神鷹慷慨割愛，背後有一段很長的故事，幾乎不可能長話短說，所以在此，我只想強調一點：紅綾在收養神鷹之初，並不知道牠的主人是誰，直到那天，戈壁沙漠看到鷹腳上的金環，才推論出神鷹主人一定是天工大王。

後來，又經過了許多波折，我才終於見到這位蓋世奇人。他身高兩公尺左右，膚色棕黑，深目高鼻，鬈髮虬髯，身形紮壯，年齡介於七十到九十之間。

我們見面的地點，是阿富汗境內的馬柴峰（Kohe Maghza），但並非在山上，而是在山腹的深處。

因為當時，這位天工大王，正在進行一項真正巧奪天工的創舉：試圖發掘這座大山的「心臟」，據說如此一來，大山就會甦醒！

還好那個時候，我已經對這位天工大王，有了深入的瞭解，知道他所作所為，一定都有深意。否則，這等瘋狂無稽的言論和行徑，任何人都會將之當成瘋子。

話說回來，我還是無論如何想不到，他竟然鄭重其事告訴我，之所以堅信大山有心臟，是因為他讀到了「原振俠的記載」！

只不過，當天他相當語焉不詳，直到若干年後，他認為時機成熟了，才終於將如何獲得「原振俠的記載」，對我和盤托出。所以在這裡，我也必須依照故事發展的順序，暫且跳過有關原振俠這一段。

如今回顧，我與天工大王在山腹內一席話，最大的收穫，就是令我瞭解到，地球上的山脈，也有可能是一種生命形式。

無獨有偶的是，幾乎與此同時，我從另一個完全不同的管道，獲悉了「氣體人」的存在，而這就代表，一團看不見摸不到、重量幾乎等於零的空氣，其實也是有生命的！

又過了兩三年，我和白素認識了黃堂的弟弟（他有個古怪的名字，叫黃而皇之，簡稱黃而），這位生性憨直的黃而告訴我們，地球上所有的水分，不但也是一種生命體，而且能夠和他溝通無礙——正是因為這樣，他才成了非人協會的會員。

（從此以後，我將山、氣、水，合稱為「三大異類生命」，簡稱「三大生命」。凡是老朋友，應該都對這個名詞不陌生。）

無巧不巧的是，當黃而宣佈這個驚人事實之際，久未露面的天工大王竟也在場。他當然不是來串門子，而是因為「替大山開心」的工作，始終沒有具體進展，前來尋求突破之道。他聽了黃而的高論，顯得如獲至寶，但隨即不告而別。

從此以後，天工大王便不知所終。根據我的推測，他很可能仍在某座大山的山腹內，繼續他的「開心」壯舉，不達目的，絕不中止。

直到不久之前，我才知道自己的推測，並不算正確。從不輕言放棄的天工大王，竟然早已半途而廢。

因為在世紀之交，他發現了一項更重要、更迫切的工作——這項當務之急，身為天工大王的他，責無旁貸！

這幾年，由於媒體的廣泛報導，地球正在發燒這項事實，已經家喻戶曉。所謂的全球暖化、溫室效應之類的專門名詞，早已不再是科學家的專利。

最好的例子，就是一名過氣政客，藉著炒作這個議題，輕而易舉獲得了諾貝爾和平獎，而一位著名的美國作家，則以故意唱反調的方式，寫成一本暢銷之極的科幻小說。

連我自己也未能免俗，在另一冊回憶錄《移心》中，寫了這麼一句：「近年來由於地球暖化，北極面積遽減，真的有人開始倡議將北極熊南遷。」

在此插句題外話，《移心》發表之後，居然真有熱心讀者，藉著無遠弗屆的網路，替我找到了當年研究「北極熊對南極地區的適應性」那位科學家。可是，他老人家竟一口咬定，當年帶去南極的三頭白熊，沒有任何一隻脫逃，最後都安然送回了北極！

我唯一能想到的合理解釋，就是他上了年紀，記憶力不再可靠。對了，還有另一個可能，他不願對那頭白熊的死，擔負任何道義責任。

好了，言歸正傳，早在全球暖化還只是理論之際，天工大王已經察覺，這場浩劫遲早將會成真。為了拯救地球，他毅然決然走出山腹，就近找了一家大學圖書館，一頭栽進相關學術文獻中。

一個月後，他已熟讀了這方面的理論，足以和最頂尖的氣象學家平起平坐。（身為天工大王，他對於自己竟然花了一個月，才成為這個領域的專家，著實懊惱了一陣子。這都要怪電腦模擬的科技，太過日新月異，令他不得不多花兩週時間，鑽研當今的超級電腦，如何模擬全球性的氣候變遷。）

可是，千萬別以為，天工大王會在這些理論基礎上，尋求解決之道。這種拾人牙慧的事，他一輩子沒做過。

要是不能另闢蹊徑，豈不有愧天工大王這個頭銜！更不用說，他早就以無比敏銳的洞察力，發現有關地球暖化的主流理論，存在著極大的漏洞。

因為所有的主流理論，都將二氧化碳這種氣體，視為溫室效應的元兇，所以理所當然地認定，替地球降溫的唯一途徑，就是設法降低大氣層中二氧化碳的濃度。

問題是，地球上的二氧化碳源，數也數不盡，想要減少二氧化碳的排放，談何容易！隨便舉個例子，即使將地球上所有的燃油交通工具，通通銷毀殆盡，也只能將二氧化碳濃度，降低四分之一而已。

天工大王早已看出，將二氧化碳視為假想敵，根本是走錯了方向。

因為二氧化碳和溫室氣體，並不能畫上等號！事實上，溫室氣體五花八門，二氧化碳頂多只能排到第二名。

至於排名第一的，到底是什麼氣體，說來或許難以置信，竟然是再普通不過的水蒸氣！根據最可靠的數據，水蒸氣對溫室效應的貢獻，超過二氧化碳兩三倍！

只不過，在科學家心目中，水蒸氣這種溫室氣體，是天然生成的，和人類文明發展並無關聯，也絕非人力所能控制的（他們大概忘了，原始人並不懂得燒開水，更不懂什麼叫蒸氣浴）。所以，從來沒有哪位研究全球暖化的專家，從水蒸氣這方面著眼或著手。

或者應該說，只有天工大王這位專家獨具慧眼。

然而據我所知，這也是機緣巧合，因為黃而當年的一番話，令天工大王印象深刻，以至於他一直沒忘記，地球上所有的水分，組成了一個巨大生命體。

天工大王很快就想到，如果能夠找到黃而，請他和「水」直接溝通一番，將問題的嚴重性，對「水」一五一十解釋清楚，大氣層中水蒸氣的含量，應該就能立刻降低。

不料，他明查暗訪了好幾年，始終沒有找到黃而，令他不禁懷疑，黃而是不是真的「人間蒸發」，化成水蒸氣了。

（事實上，黃而當然沒有蒸發，而是和母親以及哥哥黃堂，一起隱居在蘇門答臘的多峇湖畔。由於全世界的水，基本上都是相通的，所以黃而一點也不感到寂寞。）

後來，我曾問過天工大王，為何自己一人苦苦尋找，而不聯絡非人協會，或是向我或白素打聽。

天工大王的回答很乾脆，充分顯示了一代奇人的孤傲：「非我族類，其心必殊，我何必再次自取其辱？」

我當然聽得懂他的意思，因為早在許多年前，天工大王和非人協會之間，就存在著不大不小的心結，雙方從不來往，所以他覺得，即使只是向非人協會打聽黃而的下落，也是一件低聲下氣、自取其辱的舉動。

至於他為何將我和白素，也列為拒絕往來戶，自然是因為白素後來，在半推半就之下，也加入了非人協會。

我這才恍然大悟，為何有長達十餘年的時間，天工大王毫無音訊，原來是他刻意和我們疏遠！

話又說回來，他要找的那位黃而，同樣是非人協會成員，這豈不是自打嘴巴嗎？對於這個問題，天工大王也自有說法：「黃而這孩子，生性率真之至，和其他『非人』大不相同。更何況，我是以天下蒼生為念，請他出手相助！」

但這些都是後話，照例表過不提，總而言之，天工大王尋找黃而的努力，最後以失敗告終。

整整五年後，天工大王終於放棄了黃而這條線，決心憑一己之力，克服這個難題。

身為天工大王，他一生從未懷疑「人定勝天」這四個字。可是如今，他所面對的挑戰，要比替大山開心，還要困難無數倍，因為他打算改造的對象，是整個地球的大氣層！

天工大王畢竟不是魔法師，他所創造的各種奇蹟，無論多麼神乎其技，都是靠扎扎實實的科技，一點一滴累積而成。何況，即使是法力無邊的巫師，例如加勒比海的巫王，也頂多只能對局部的氣候，稍加改造而已。

然而，如果沒有超人一等的決心和意志力，天工大王這四個字，只能算自我陶醉。

為了探索解決之道，天工大王回到山腹，開始閉關沉思——長久以來，這是他解決難題最有效的（也幾乎是唯一的）方式。

不過，他並未攜帶任何參考書籍，或任何型式的電腦，甚至連紙筆也沒有帶。

因為正如剛才提到的，他曾花了一個月時間，消化了所有的相關理論，自然再也不需要任何書籍或資料。這種過目不忘的本事，即使是天工第一級的戈壁沙漠，也不遑多讓，天工大王自然更不在話下。

至於他為何不需要電腦，甚至不需要紙筆，則需要花點篇幅，稍加解釋一番。

一言以蔽之，天工大王雖然不是魔法師，卻具有一項超乎常人的能力——這項超能力，正是他成為天工大王最大的本錢。

事情是這樣的，自從懂事以來，他就發覺自己能在腦海中畫圖，不但畫得鉅細靡遺，而且畫好之後，永遠不會從記憶中消失。

或許有人會說，這就是所謂的照相式記憶！請耐心看下去，自然就會發現，絕對沒有那麼簡單。

擁有照相式記憶的人，頂多只能將肉眼所見的景象，分毫不差地牢牢記住，卻無法在腦海中，畫出從未見過的事物——縱使勉強畫出來，也絕不清晰，無法形成永久性記憶。

相較之下，天工大王則能驅使大腦，無中生有地畫出任何東西——在此所謂的「任何」，包括並不存在於這個世界的形體或顏色！

想當年，天工大王的師父，之所以收他為徒，正是看中了這項異能。但是，他的師父萬萬沒想到，當這位「神童」正式拜師學藝之後，他的異能又更上一層樓！

他逐漸能夠驅動腦海中那些圖畫，就像播放一段影片一樣。

他的師父驚喜之餘，已經預見總有一天，這個徒兒會替他完成一生中最大的心願，將「天工大王」的頭銜搶回來！

因為這就代表，這位名叫倫三德的少年，光憑想像力，便能設計任何複雜的機件，而且設計完成之後，還能直接在腦海中，進行模擬和測試，直到完美無缺為止。

由此可想而知，天工大王倫三德一生中，從來不知「草圖」或「模型」為何物，因為一旦拿起筆來，就代表他準備畫出的設計圖，已經萬無一失，可以直接送廠，製造出完美的成品。

現在，請大家不妨回想一下，他用來測試戈壁沙漠等人的那個具有三千六百個零件的設計，是不是只能算小兒科？

回到正題，天工大王這次閉關，正是準備利用自己的大腦，來挑戰「替地球降溫」這項不可能的任務。

然而，由於地球是個太過巨大的機件，需要考慮的變數極多，因此十天半個月匆匆過去，進展卻極其有限。

某天晚上，天工大王突發奇想，何不讓自己的大腦，進入另一種狀態，再來進行腦中的模擬！

長久以來，天工大王在驅動大腦，解決問題之際，都習慣擺出「沉思者」的姿勢，以手支頤，目光或是望向遠方，或是聚焦於地面。

可是今晚，他決定採用古印度的趺坐法，據說這種姿勢，最有助於進行冥思。

天工大王擺好了姿勢，輕輕閉上眼睛，讓大腦慢慢進入 α 波所主導的狀態。

然後，他從大腦記憶庫，將所需要鑽研的對象，一一調閱出來。

在他腦海中，首先浮現一個具體而微的地球，隨即開始緩緩旋轉。

緊接著，海洋中各式各樣的洋流，也開始陸續流動。無論是居中的赤道逆流，或是遠在南極的西風漂流，乃至深海中的巨大環流，天工大王都一一點名，確定沒有任何遺漏。

接下來，輪到設定大氣層的各種運動模式，從極地到赤道，分別要設定三個垂直的對流胞，以及好幾段水平的大氣環流。

最後，還要讓對流層頂端的噴射氣流，也加入模擬的行列，唯有如此，才能忠實模擬地球分配熱量的方式。

好了，總算所有的洋流和氣流，都依照正確的模式，開始流動了。

就在這個時候，天工大王突然發現，體內出現異樣之極的感覺。

從頭到腳，至少同時有十幾股暖流，在他體內緩緩運行……

* * *

對於這個被稱為天ㄒ大王的波斯人倫三德，我對他的工藝技能當然極之佩服，對他幻想高山有生命，把大山當成是一個生命體來探索，更是五體投地。但是我卻對他的為人，有點不很喜歡。

我喜歡人與人之間的相處，以坦誠為本。像我和倫三德的交往，過程奇特之至，我也迭冒奇險，他也引我為知己，可是一談到了他何以有大山具有生命的想法時，他言詞閃爍吞吐的程度，令人憤怒。

因為若是根據倫三德的說法，他的那種天馬行空，奇誕無比的想法，是得到了一個名叫「原振俠」的人的啟發。

可是他又沒有見過這個名叫「原振俠」的人，甚至懷疑是不是真有這個人。看來，好像是這個名叫「原振俠」的人，留下了什麼文件、資料，或是著作，提到了大山有生命的設想，啟發了他。

——摘自《將來》

I / ②

壹之二

搶救

不久之前，我終於將所謂的「地獄十二花」，做了一次完整的介紹，著實了卻我一樁心願。

雖然這麼多年來，我對這個「最美麗也最醜陋」的組織，從來未曾給過正面評價，對其中每一位成員，也總是抱著敬鬼神而遠之的態度，但我在此必須重申，那純粹只是我自己的主觀立場。

而這就代表，即使是白素、紅綾或溫寶裕，對於這群超級女特務的看法，也和我不盡相同。

比方說，我曾指控海棠色誘原振俠，溫寶裕卻一直替她抱屈，並且給予無限同情。此外，小寶始終不認同我的「三個水葒」理論，他堅決相信，一定是因為有重大隱情，水葒才會在不同時期，以不同的精神面貌出現，也正因為如此，他和前後三個水葒，都有不錯的交情。

另一方面，白素至少和其中一朵花，彼此相當欣賞，甚至可以說，兩人之間，存在著惺惺相惜的情誼。

這朵花就是黃蟬！

黃蟬在我眼中，是標準的蛇蠍美人，可是白素每次碰到她，兩人總是有說有笑，不見任何敵意或緊張關係。

而且，據我所知，白素和黃蟬始終保持著聯絡，只是白素從不主動向我提起（這絕非刻意隱瞞，而是老夫老妻之間的絕佳默契）。

話說回來，凡事總有例外。

時間是二〇〇四年四月底——

至今我還記憶猶新，那天白素衝進我的書房，露出罕見的驚慌神色，叫道：「良辰美景出事了！」

我一躍而起，疾聲問：「出了什麼事？」

白素衝到我面前，語帶哭音道：「目前還不清楚，只知道受了重傷。」

我抱著一絲希望：「消息千真萬確嗎？」

白素沉重地點了點頭：「黃蟬親口告訴我的，錯不了！」

長久以來，白素一直將良辰美景，視為自己的乾妹妹，這時她顯得六神無主，是再自然不過的事。但我趕緊提醒自己，白素越是失常，我就越要鎮定，於是我緊緊抓住她的肩膀，用近乎催眠的口吻道：「黃蟬到底怎麼說，你先一字不漏告訴我。」

白素花了很大的力氣，終於冷靜下來，將她剛才和黃蟬的通話，一五一十對我說了一遍。

事實上，由於諸多狀況不明，黃蟬的來電相當簡短，最主要的內容，就是上級要她儘快通知衛斯理夫婦，我們的好朋友良辰美景，如今身受重傷，正在西安郊區一家軍醫院，進行緊急救治。

聽完白素的轉述，我第一時間的反應是：「上次你和她們聯絡，是什麼時候？」因為我知道，良辰美景自從展開取寶行，幾乎每天都向白素報告最新進度。

白素以顫抖的聲音道：「昨晚……不，今天凌晨，她們準備進入第三座古墓之前，還用密碼發了一個簡訊給我……」

我脫口而出：「莫非她們在古墓中，出了意外？」

白素緩緩搖了搖頭，但我當然明白，她並不是否定我的猜測，而是希望事實並非如此，因為，我和她都心知肚明，萬一不幸被我言中，良辰美景必定凶多吉少。

我也不曉得該怎麼安慰她才好，想了半天，勉強擠出一句：「既然只是重傷，就是不幸中的大幸！」

事後回顧，良辰美景能夠死裡逃生，的確是不幸中的大幸，其中更有巧合到不可思議的因素。

比方說，如果不是她倆急中生智（或曰異想天開），想到炸寬地道這個險招，兩人當晚一定葬身古墓，絕無可能有任何僥倖。

然而，這並不代表，那顆特製的達姆彈，依照她們的心願，炸開一個足以轉身的空間，否則憑她們的身手，絕對能趕在滾滾泥漿之前，爬到地道的出口。

實際情況是，一聲巨響之後，良辰美景立刻知道，最糟的情形發生了——地道並未炸寬，而是瞬間被炸塌了。

她們幾乎還來不及後悔，一股追命的泥漿，已經撲面而來！

良辰美景眼看大勢已去，心境反倒變得相當坦然，她們心靈相通，瞭解彼此最後的心願，都是要手牽手，死在一起。於是，良辰吃力地將右手向後伸，而後面的美景，雖然面對來勢洶洶的泥漿，卻不退反進，儘量向前伸出手去。

在失去意識的前一刻，她倆的右手，終於緊緊握在一起。

姐妹兩人不約而同感到，死神的降臨，似乎比想像之中，來得安詳許多……

但與此同時，在她們上方，大約三公尺處，卻是人聲嘈雜，一團慌亂的情景。

不，應該說，現場只是看似慌亂，實際上是亂中有序。因為，當中有一個高挑的身影，正在發號施令，指揮若定，其餘十幾人，則以最快的速度，將突然塌陷的泥土，用力挖到一旁。

十分鐘不到，古墓內的地道已暴露在外，又過了一兩分鐘，他們挖出了兩具尚未冰冷的屍體。

經過一番急救，幾乎已經踏進鬼門關的良辰美景，總算恢復了呼吸和心跳。

不過，她們也只是恢復了呼吸和心跳而已，換句話說，兩人仍舊陷入重度昏迷。

等到白素親自趕到了西安，良辰美景的情況，仍舊沒有好轉的跡象。

因此當時，白素只能根據搶救者的口述，拼湊出部分真相，直到後來，良辰美景終於清醒了，所有的疑問，才真相大白。

如果這是一篇小說，過程既然如此曲折，當然應該根據白素的觀點，一層層抽絲剝藹，才不至於浪費題材。

可是，一來這並不是小說，二來我擔心，如果將來龍去脈分成兩三層來敘述，很容易糾纏不清。

所以接下來，我打算一口氣，將這件意外的始末，交代個一清二楚。如果因此減損了戲劇性，我也只能說聲抱歉。（但請大家放心，就整個事件而言，這件意外只能算序幕，後面還有更戲劇化的發展。）

首先我想討論的是，良辰美景進入古墓之後，到底哪個環節出了錯，才會導致意外的發生。

其實在前面，我已稍微提到，這件意外，事後經過我們推理，道理其實簡單之極，可是我也必須承認，這種說法是標準的「事後諸葛亮」。

因為，我們即使事先再深謀遠慮，也絕對想不到會出這種差錯，所以我才感嘆，此乃人算不如天算。

嚴格說來，問題既不出在齊白（他畫的地道路線正確無比），也不出在良辰美景（她倆完全遵循路線圖前進），而是出在一個誰也料想不到的因素上。

那就是，齊白在破解古墓機關之際，從來沒有想到，將來會有其他人，進入那座古墓，當然更料不到，「其他人」竟然會是良辰美景。

因此，他破解機關的方法，完全是替自己量身打造的，例如之前提到，地道的寬度，剛好足以讓他順利通過。

然而，所謂的量身打造，除了考慮身形之外，體重也是一項重要因素。舉例而言，如果有個體重兩倍於齊白的人，鑽進這座古墓之內，即使他身形足夠瘦小，即使他完全按照齊白規劃的路線前進，也一定會觸動機關。

良辰美景的情形，則剛好相反，她們原本就身輕如燕（否則不可能練就上乘輕功），而當天夜裡，在古墓內爬行之際，她們更是躡手躡腳，生怕一個不小心，觸動了什麼致命機關。

這樣一來，偏偏弄巧成拙！因為，齊白設計的地道精巧無比，在幾個關鍵處，必須靠重量下壓，才能抑制防盜機關的啟動。

或許可以這樣比喻，按了不該按的鈕，當然會觸發機關，可是，該按的鈕如果沒按，同樣會導致機關啟動——真是千算萬算，不如老天一算！

接下來，最重要的問題，當然是良辰美景如何逃過這場生死劫？

我剛才已經說過，這件不幸中的大幸，其中有巧到不能再巧的因素，那就是，多虧她倆毅然決然，發射了一顆達姆彈，才替自己創造了一線生機。

因為，爆炸的威力雖然令地道塌陷，可是這也代表，地道上方的堅硬泥土，整個被炸鬆了。否則現場即使有再多的人，也無法在幾分鐘之內，讓良辰美景重見天日。

真可說是僥天之倖！

不過，良辰美景之所以倖免於難，最主要的原因，還是多虧有人及時搶救。

這些人到底是什麼人？又為什麼剛好在現場？想必讀者諸君看到這裡，心中都會浮現這兩個問號。

事實上，當初我聽白素轉述時，也並不例外，她還沒說完，我就急不及待地追問。

卻說當時，白素嘆了一口氣，並未直接回答我的問題，而是先說了一句：「都怪我們近年，少在江湖上走動——」

接下來，白素才將這件事的來龍去脈，詳細轉述了一遍，我聽完後同樣感嘆，近幾年來，少在江湖上走動，雖然得到了清靜，可是也逐漸成了井底之蛙。

原來，中國政府在二十世紀末（距離當時大約五年前），成立了一支專門打擊古物盜賣的特警隊伍。

雖然在此之前，中國境內盜賣古物的情況，早已十分嚴重，但由於「上下打點」的功夫做得好，無論大小官員，都睜一隻眼閉一隻眼。

可是，當有確切情報顯示，居然連王羲之的〈蘭亭集序〉真跡，也流入了外國收藏家之手，中國政府高層，終於開始重視這個問題，否則總有一天，整個紫禁城都可能不翼而飛。

而在當代中國，凡是高層特別重視的事情，執行起來就特別有效率（反之亦然，絕無例外），不久之後，這支特警隊就正式成軍，風風火火展開工作。

五年來，特警隊成績相當輝煌，不但阻斷了許多盜賣管道，甚至曾經多次跨海，追回已經流到國外的華夏古物。

最有名的一次，是趕在「蘇富比」將六件漢朝文物拍賣之前，透過外交途徑，成功阻止了拍賣的進行。

只不過，這個消息雖然轟動國際，卻幾乎沒有人知道，真正的幕後功臣，是這支文物特警隊，因此所有的新聞媒體，都將這件大功勞，歸給了國際刑警組織，而這也是我對那則新聞的既有印象（我和國際刑警組織，早已沒什麼來往，自然不會有內幕消息）。

直到聽了白素的敘述，我才終於明白，原來幕後功臣另有其人！

白素還告訴我，這支特警隊的行動，之所以那麼成功，至少有一半原因，是拜高科技之賜。

舉例而言，在特警隊總部，有一台功能強大的專用電腦，裡面儲存了幾千個和古物盜賣相關的關鍵詞。這台電腦，和國防部的「全球監聽系統」保持二十四小時聯線，凡是攔截到含有那些關鍵詞的通訊或通話，一律自動過濾出來，交由人工審查，若真有可疑之處，立刻進行嚴密追蹤。

可想而知，在那組關鍵詞當中，齊白這個名字，自然名列前茅。這就是為什麼，良辰美景尚未正式入境，就被盯上的原因。

當天，我聽白素講到這裡，舉手表示難以接受：「不可能！她們兩人的輕功，早已出神入化。」

白素又嘆了一口氣：「輕功算什麼，如今的衛星監視科技，即使是隱形人，也無所遁逃於天地之間。」我不自主地搖了搖頭，更加覺得自己是井底之蛙。

上面這段說明，應該已經回答了「那些人是什麼人，又為何剛好在現場？」這兩個問題，不過，有關良辰美景死裡逃生的經過，還需要再做一點補充。

因為，正如我剛才所說，她們兩人曾經一度停止呼吸和心跳，雖然當場被救活了，仍舊陷入重度昏迷狀態，換句話說，白素剛剛抵達醫院之際，躺在病床上的良辰美景，無異於兩個植物人。

後來，良辰美景能夠清醒過來，進而逐漸痊癒，真正的原因，並非她們受過嚴格的武術訓練，也不是拜中國傳統醫學之賜，而是高科技再次創造了奇蹟。

由於這個神奇療程，白素從頭到尾親眼見證，所以請她現身說法，會比我來轉述更具真實感和說服力。但為了一氣呵成，底下這段「我和白素的對話」，只摘錄白素的部分，我的部分則完全省略，所以有一兩處，可能有點不太自然。

白素是這麼說的：「如果不是親眼所見，實在難以相信，中國境內，已有那麼尖端的醫療技術。

「你先別急著問那是什麼技術，總之，當時良辰美景情況萬分危急，不但腦部缺氧過久，而且肺部吸入泥漿，受到嚴重損傷。多拖一天，復元的機會就減少一兩成。

「由於她們不是普通病人，院方自然全力搶救，在第一時間，就決定替她們全身換血，以增加腦部的氧氣供應。

「不，不是換什麼人的血，而是將全身血液抽出一大半，換成一種乳白色的人工血液。這種人工血液，攜氧量是天然血液的兩三倍。

「一個星期後，她們終於脫離了重度昏迷，這個時候，醫生才將她們自己的血，重新輸回她們體內。

「眼看她們快要恢復神智，主治醫生卻告訴我，她們的肺臟有惡化趨勢，必須進行另一波的治療。

「我原本以為，要再換一次人工血液，主治醫生卻搖了搖頭。等到他向我詳細說明做法之後，我幾乎不敢相信自己的耳朵。

「將全身血液抽出三分之二，換成人工血液，雖然不可思議，心理上勉強還能接受。可是，這一次的治療，竟是要將類似的液體，灌到她們的肺部！

「沒錯，就是從鼻子灌進去，直到灌滿為止……

「我的第一個反應，也是認為這樣會嗆死她們——即使不嗆死，也會淹死！但是主治醫生向我保證，絕對不會發生這種情形。為了讓我放心，他還帶我到實驗室，做了一個示範。

「他在一個大燒杯中，注滿那種液體——它的成分和人工血液類似，但多少有點不同，所以是透明的——然後，他抓起一隻小白鼠，丟進了那個燒杯。

「我忍不住驚叫一聲，可是定睛一看，那隻白鼠在燒杯裡，竟然毫不掙扎，彷彿天生就能活在那種液體中。

「你猜對了，牠真的能在那種液體中呼吸，或者應該說，牠能呼吸那種液體——那種液體富含氧氣，所以能夠和牠的肺泡做氣體交換，而且效果比空氣更好。

「原來，科學家早就知道，用肺臟呼吸的動物，並不在乎吸進來的是氣體或液體，只要裡面含有足夠氧氣就好！

「我大開眼界之後，一顆心才放了下來，同意讓良辰美景，接受這個新奇的治療。結果不出三天，成效立見，良辰美景也逐漸清醒過來。」

俗語說，大難不死，必有後福，不知良辰美景醒來時，有沒有想到這句話。

如果她們真的想到了，一定會覺得那是天大的諷刺。

因為，她們雖然撿回一條命，也僥倖沒有成為植物人，可是並不代表，兩人的身體已經復元。後來，她們在那所軍醫院，又療養了幾個月，才總算完全康復。

然而那幾個月，她們的身份，不單只是病人而已。這麼說吧，她們所住的頭等病房，其實更像一間高級監獄，不但堅固無比，四周還有警衛嚴密把守。

原因很簡單，她們是在中國境內偷盜一級古物的現行犯，一旦痊癒出院，兩人立刻要接受人民法院的審判，而這樣的重罪，絕不會低於十年有期徒刑。

白素自然全力替她們奔走，我也動用了所有的老關係，可是一切的努力，全部徒勞無功。甚至中南半島一個小國的獨裁者，基於和良辰美景的私交，想透過外交管道伸出援手，中國當局也悍然予以拒絕。

因此那段時期，我和白素的心情，名副其實跌到了谷底。唯一令人振奮的消息，就是溫寶裕在戈壁沙漠幫助下，終於成功救出了藍絲。

可是，小寶在獲悉這個壞消息後，也終日愁眉不展，就連他和藍絲的婚禮，也無心籌備，一延再延，最後草草公證了事。

讀者諸君看到這裡，想必終於能夠體會，我之前說的「良辰美景的取寶行動，非但沒有想像中那麼順利，甚至還導致計畫中的盛大募款晚會，因而胎死腹中。」是什麼意思。

正當我認真考慮劫獄的可能性，事情卻有了峰迴路轉的發展。

白素突然接到黃蟬的電話，說良辰美景已經重獲自由，而我們還在半信半疑之際，她倆竟然已出現在我們面前！

不料，我正準備把小寶和胡說等人，找來一聚，良辰美景卻匆匆告辭離去。

我一頭霧水地望向白素，白素搖了搖頭：「她們只說，沒有達成任務，不好意思和大家見面。」

我不禁動了氣：「這算什麼理由？」

白素嘆道：「我也覺得，其中仍有隱情……」

事後證明，白素猜得沒錯，其中的確有隱情，而且還是天大的隱情。但直到又過了將近半年，良辰美景再度現身，才將整件事的經過，毫無保留地對我們和盤托出。

事情要從良辰美景出院的前一天說起。

雖說即將痊癒出院，她們的心情絕不輕鬆，因為兩人早已明白，所謂的出院，只是從插翅難飛的病房，轉移到警衛更加森嚴的監獄而已。

後來我才知道，兩人曾經和我同樣心思，認真考慮過在移監過程中，乘機逃亡的可能性。

當她倆正透過心靈感應，迅速交換意見之際，病房外面，突然傳來幾聲簡潔有力的「少將好」，不久之後，厚重的房門，慢慢打了開。

一名穿著軍裝的陌生人，出現在門口。

一時之間，良辰美景竟有一種進入漫畫世界的錯覺，心靈感應也隨之中斷。因為從小到大，她們一直以為，只有在日本青少年漫畫中，才可能見到如此俊美的人物。

下一刻，她們不約而同，互望了一眼，又恢復了心靈的聯線，電光石火間，兩人已交換了如下想法：

——原來如此！

——你也看出來了？

——沒錯，世上不可能有這麼俊美的男子，絕對是女扮男裝。

——不禁令我聯想到，原振俠醫生的第一位女友。

——黃絹將軍？

——對，黃絹後來剪了短髮，穿上軍裝，想必就是這麼英姿颯爽。

必須強調的是，心靈感應的速度，幾乎是無限大，所以「說時遲那時快」這句老生常談，用來描述當時的情形，可謂貼切之極。換句話說，上面這段記述，只是眨眼間所發生的事。

但藉由這段記述，我們已經能對這位陌生人，有了不少瞭解。

首先，「她」應該是個女扮男裝的年輕軍官，一旦她恢復女兒身，必定有如黃絹那樣美艷不可方物。

至於她的身份，如果良辰美景沒有聽錯，應該是一位少將？可是，從她的軍裝，卻看不出任何官階，而她自我介紹之際，始終強調自己只是「烏隊長」。

隊長是個再普通不過的頭銜，職業棒球隊有隊長，社區清潔隊也有隊長，但兩者的差別，名副其實天差地遠。

想必大家已經猜到，她所領導的隊伍，自然就是前面提到的文物特警隊。由此不難推想，無論她是否真的官拜少將，絕對不是一個簡單的人物。

因此這時，良辰美景又透過心靈感應，彼此提醒，面對這樣一個大有來頭的人，千萬不能掉以輕心。

話說回來，提醒歸提醒，當她們和這位處處透著神秘的烏隊長，交談了幾句，就在不知不覺間，對她產生了好感。

後來，她倆曾經這樣回憶：「我們自認這十幾年，跑遍全世界，也算是閱人無數了，但從來沒有任何人，尤其是女性，讓我們感到那麼直爽率真、開誠佈公又毫無心機。」

我十分不以為然：「我看那是物極必反的結果。」

良辰美景並未反駁，但我當然瞭解，她們絕不同意我的看法。

後話表過不提，且說這位烏隊長，在良辰美景出院前夕來訪，自然不是來閒話家常。幾句話之後，她果然圖窮匕見，道：「我既然救了你們一次，當然希望好人做到底，否則，讓你們蹲上十幾二十年苦牢，還不如死在古墓裡來得痛快。」

良辰美景聽出她話中有話，忙道：「若蒙相救，大恩大德，沒齒難忘！」

烏隊長伸出食指搖了搖，模仿良辰美景的武俠腔，一字一頓道：「人在江湖，身不由己，我可不能放你倆走，只能指點一條生路——」

不等良辰美景追問，她逕自宣佈答案：「將功折罪！」

良辰美景想必腦傷未癒，居然想差了十萬八千里：「要我們當污點證人？莫非你們把衛斯理也抓到了？」

烏隊長發出一陣爽朗的笑聲：「我也想啊，可惜暫時還沒這個實力。不過總有一天，我要從他手上，奪走齊白的古墓檔案，否則永遠有如芒刺在背！」

良辰美景竟又會錯了意：「難道是要我們當反間諜，替你去偷那個檔案？」

烏隊長仰頭作沉思狀：「嗯，這倒不失為好主意，值得好好考慮。」

然而，良辰美景只猶豫了一秒鐘，隨即義正辭嚴道：「不行，我們寧死也不願違背江湖道義。」

烏隊長露出促狹的表情：「兩個傻丫頭，那麼認真幹嘛，跟你們開個玩笑罷了！」

良辰美景這才鬆了一口氣，撒嬌般追問：「好姐姐，到底怎麼個將功折罪法？」

烏隊長突然繃起臉來：「果然是傻丫頭，居然雌雄不辨——」

良辰美景還自作聰明，半開玩笑道：「叫你好哥哥，總可以了吧？」

沒想到，對方臉色一沉：「請稱呼我烏隊長。」

姐妹倆實在想不通哪裡得罪了她，只好趕緊收斂笑容，齊聲道：「是，請烏隊長大人不計小人過。」

好在，烏隊長臉上的陰霾，來得急去得快，她隨即恢復親切的笑容，道：「你們到底想不想知道，該如何將功折罪？」

良辰美景用力點了點頭，烏隊長道：「聽好，我們目前鎖定了一名古物大盜，此人的本領，幾乎等於齊白加衛斯理——嗯，恐怕還得加上一個戈壁或沙漠，所以我們必須出奇，才有可能制勝，你們兩人輕功絕頂，彼此又心靈相通，正好當我的奇兵！」

良辰美景半信半疑：「是不是只要幫你抓到他，我們的牢獄之災，就能一筆勾銷？」

烏隊長堅定地點了點頭，隨即又秀眉一蹙：「只不過，恐怕還是會被驅逐出境！」

良辰美景簡直不敢相信有這麼好的事，歡呼道：「沒問題，一言為定！」

不料這時，烏隊長突然做了一個古怪的表情：「慢著，醜話先講在前面，萬一任務失敗，又該怎麼辦？」

良辰美景面面相覷，半晌沒開口，烏隊長又道：「我不需要心靈感應，也曉得你倆在打什麼主意。萬一任務失敗，你們打算乘亂脫逃，對不對？」良辰美景吐了吐舌頭，不置可否。

烏隊長揮了揮手，臉色又一沉，道：「如果你們認為，害得你們的救命恩人，替你們坐大牢，就是符合江湖道義，不妨繼續做此打算！」

良辰美景立時熱血沸騰，慷慨激昂道：「吾輩習武之人，說話一言九鼎，烏隊長放心，萬一任務失敗，我們提頭來見就是！」

聽到這句話，烏隊長露出燦爛的笑容，伸出雙手，一左一右握住良辰美景，道：「太好了，我這就代表特警隊，歡迎你們加入通宵達旦專案！」

*　　*　　*

白素向良辰美景施一個眼色，兩人立時道：「是，我們是記者，替瑞士和西歐的七家通訊社工作，而且受亞洲一個國家通訊社的委任，全權代表該國處理任何有關新聞事宜。」

兩人說著，早已到了總監面前，各自取出放證件的夾子來，拉開，裡面足有十來張證件，證明她們的身份。

她們的這些身份，倒不是胡扯的，而是確有其事。作為歐洲通訊社的自由記者，倒也罷了，那亞洲某國國家通訊社高級記者的身份，卻是不簡單，那是她們和這個國家的統治者——一雙雙生子兄弟有非比尋常交往的結果。不光是這個身份，她們還擁有聯合國發出的記者身份證明。一項消息，若是通過她們的發表，確然可以舉世皆知。

——摘自《雙程》

II / 2

貳之二

求證

我拍完了照片之後，就攀上大石，開始研究那個不知名的東西。

由於這東西，和我以後的遭遇，和以後所發生的種種不可思議的事有著極其密切的關係，所以我有必要將它詳細形容一番。

要形容這東西的形狀，並不是一件容易的事。最可惜的是，我的相機和照片在日後幾次險死還生中的一次失去了。不然，照片若是保存著的話，就可以不必多費筆墨，只要登出這幾張照片來，各位讀友就可以看到那怪東西的全貌了。

那東西是不規則的——絕對的不規則，幾乎沒有一處地方是對稱的。它有六呎高，最突出的部分是在中間，是一個圓球形的突出，那圓形的突出，乍一看來，像是彌勒佛的大肚子。但是由於其餘部分沒有一點和佛像相似之處，所以我才肯定那不是佛像，而只是一個不知名的物體。

——摘自《頭髮》

據我所知，有不少讀者抱怨，我幾乎在每冊回憶錄的結尾，都留下一個吊胃口的尾巴。這點我並不否認，但我也提出過辯解，為了避免平鋪直敘，這實在是必要之惡。

上一冊也不例外，最後一章的最後一段，我是這麼寫的：「這幾年間，溫寶裕自然沒有閒著，下一冊，我一定找機會，仔細說個明白。」

既然已經白紙黑字，做出了承諾，當然必須兌現，以免食言而肥。

不過，小寶這幾年，到底在忙些什麼，實在一言難盡，所以我決定，將原定計畫稍作改變，把他這幾年的豐功偉蹟，打散開來，做重點式的敘述。

必須強調的是，在此所謂的重點，並非一般的「有話則長，無話則短」，否則，小寶英雄救美那段經過，不會僅僅一筆帶過。

同理，小寶後來和藍絲，在陳家大宅，過了一整年如膠似漆的蜜月生活，同樣不是我的重點。

至於我心目中的重點，到底有何標準？比方說，在我看來，小寶和月淨一見如故這件事，就值得大書特書一番。

所以我在貳之一章，詳述了這對爺兒倆相遇的「前因」，如今在這裡，自然應該來說一說「後果」。

且說從此以後，這一老一少過從甚密，每天都透過網路，交換彼此鑽研科學實證論的心得。於是有好一陣子，溫寶裕在我面前，開口閉口，都是徐大叔怎麼怎麼說。

我卻只是姑妄聽之，始終不予置評，因為我自認相當瞭解溫寶裕，他從小到大，每當碰到稀奇古怪的學說，都難免著迷一陣子，但遲早會將之看穿，終至不屑一顧。

比方說，他在七八歲時，曾立志要設計一具不需電源的「永動馬達」，不但畫了許多草圖，還動手做了不少模型，一兩年後，他弄懂了能量守恆定律，立刻將所有的草圖付之一炬。

十幾歲的時候，他也相信過月球是中空的，還曾經和我展開激烈辯論，後來則將這件往事，當成大笑話，毫不避諱地逢人就講。

至於最現成的例子，則是當年他對長老的「地球人口過剩論」，也曾一度相當信服，可是不多久，他就認清了長老拯救世界的做法，是任何一個頭腦清醒的地球人，都無法接受的激進手段，於是他毅然決然，開始暗中和長老周旋，苦心孤詣演了幾年戲，終於獲得最後的勝利。

如今，徐月淨大量運用邏輯詭辯，對每一個衛斯理未解之謎，都能提出一套自圓其說的「正統科學解釋」，小寶一時之間奉為圭臬，是絕對可以理解的事。但是我相信，只要假以時日，他一定會認清，那些邏輯詭辯，其實充滿似是而非的漏洞，根本不值一哂。

總而言之，那段時間，溫寶裕只要談到徐月淨，我都是左耳進，右耳出，從來不答腔，更不會跟他做任何爭辯。

就連有一天，小寶興匆匆打電話告訴我，月淨準備成立正統科學社的香港分社，邀請他擔任社長，我也只是一笑置之，絲毫沒有放在心上。

因為我十分確定，徐月淨的理論，只能迷惑小寶於一時。

果然不出我所料，兩個月之後，小寶雖然仍不時提到月淨，可是言語之中，崇敬之意越來越少，不服氣的口吻則越來越多。

又過了十天半個月，小寶提到月淨之際，變成幾乎都在轉述，他們兩人如何透過網路，天天大打筆戰。

我雖然暗自得意了一番，並沒有喜形於色，對於他倆的筆戰，也只是抱著隔岸觀火的態度，既沒有勸和，更沒有煽風點火。

因為我也十分確定，只要再過一陣子，小寶熱度退了，自然會像我一樣，從此對徐月淨敬而遠之。

然而，這回我卻料錯了，以致才有後面意想不到的發展。

不過這件事，必須從頭說起——

那天，溫寶裕一個人來找我，可是坐下之後，卻不發一語，顯得心事重重。

我還以為他和藍絲吵架了，因為那陣子，小倆口關係有點緊張。為了緩和氣氛，我故意岔開話題：「小寶，你來得正好，我剛寫完〈月淨〉這一章的初稿，你來幫我看看，我對他的評價，是否有失公允。」

不料溫寶裕竟然道：「那冥頑不靈的老小子，根本不值得你在回憶錄中提到他！」

我這才恍然大悟，原來小寶生悶氣，是因為徐月淨的關係，想必是兩人的筆戰，已經趨於白熱化。但這時我還相當樂觀，因為正所謂物極必反，相信要不了多久，我預期中的冷戰，便會取而代之了。

所以，我只輕描淡寫說了一句：「徐月淨好歹和我有不尋常的交情，我覺得不應該因言廢人。」

小寶沒好氣地道：「反正是你的回憶錄，你愛怎麼寫，不關我的事。」這話有些刺耳，我忍不住回嘴：「明明是你自己說的，徐月淨冥頑不靈，根本不值得在回憶錄中提到他！」

溫寶裕被我將了一軍，連忙轉移焦點：「難道你不想知道，他究竟冥頑不靈到什麼程度？」我聳了聳肩，做了一個無可無不可的表情。

溫寶裕憤憤地繼續道：「老實說，冥頑不靈的人，我這輩子也見多了，卻從來沒見過像他這樣死纏爛打的！不，應該說，死纏爛打的人，我從小到大也碰過不少，卻從來沒碰過像他這樣能打到七寸的……」

我趕緊揮了揮手：「慢著，小寶，你到底知不知道自己在說什麼？」小寶還想繼續說下去，我瞪了他一眼，搶先一步道：「你先給我想清楚再開口，否則不要浪費我老人家的時間。」

溫寶裕勉強閉上嘴巴，眼珠滴溜溜轉了十幾圈之後，才終於再度開口，果然不再那麼語無倫次了。

原來，那天他倆透過ＭＳＮ，在爭論一個雞毛蒜皮的小問題，小寶堅持自己的觀點正確，月淨偏偏嗤之以鼻，言語之間，極盡諷刺之能事。

小寶被逼急了，寫了一句：不服氣的話，請用你的科學實證論，證明我是錯的！

沒想到，月淨的回覆竟是：通常，我將說這種話的人，稱之為科學無賴。

接下來，兩人自然你一言我一語，吵得不可開交：

~~你憑什麼說我是無賴？

~~別誣賴我，誰說你是無賴來著？

~~你明明說，我是科學無賴。

~~科學無賴和無賴，不能混為一談。

~~為什麼？

~~你沒聽過「白馬非馬」的典故嗎？

~~別玩文字遊戲，直接回答我的問題，憑什麼說我是科學無賴？

~~因為你剛才說，請我證明你是錯的。

~~為什麼這樣說，就叫科學無賴？

~~因為只有耍無賴的偽科學家，才會說這種話。

～～不懂！

～～偽科學家每天大放厥詞，碰到有人質疑，就會請對方「證明他是錯的」。

～～這又有何不對？

～～警察能不能在街上隨便抓人，然後請他「證明自己抓錯了」？

～～當然不行！

～～應該怎麼做才對？

～～警察應該有證據才抓人，而且要負責舉證。

～～這就對了，必須勇於負責證明自己是對的，才算正統科學家，否則就是耍無賴的偽科學家，簡稱科學無賴。

～～難道你自己算正統科學家嗎？

～～當然！我自己提出的理論，一向自己負責找證據。

～～例如？

～～我第一次給衛斯理寫信，指出《雨花台石》只是誤會一場，就抄了一篇有關「類流態」的論文附上。

～～我沒印象。

～～幾年前，我弄懂了「異手症」之後，才敢一口咬定，《天打雷劈》是個大烏龍。難道那封信，你也沒讀過嗎？

～～沒讀過。

～～你總該記得，那天我告辭離去，剛好在衛宅門口，巧遇衛斯理的老丈人，當時我說了什麼吧？

～～你說白老大之所以老當益壯，是因為人類過了九十歲，老化過程就會停止。

～～第二天，我就傳了一篇論文給你，這算不算提出證據？

～～算吧。

～～衛斯理當天，對我的說法嗤之以鼻，但他有沒有提出什麼證據？

～～好像沒有。不，還是有，他說那是因為白老大內功爐火純青。

～～標準的口說無憑！

～～你只會批評別人口說無憑，其實你自己，也有不良紀錄。

～～亂講！

～你說衛斯理的天堂之旅，只是電腦模擬的虛擬現實，同樣口說無憑。

～我本以為你是孺子，沒想到竟是朽木。

～佩服佩服，罵人不帶髒字。

～我早就有言在先，我所做的推論，全部建立在《頭髮》這本書的記載上。

～那又怎樣？

～除非衛斯理否認《頭髮》是真實記載，否則書中字字句句，都能當作我的證據。

～可是衛斯理在書中，明明白白寫道，他去了一趟天堂。

～他當年真幻不分，還算情有可原，如果至今仍堅持那是真的，就和科學無賴沒什麼兩樣了。

～此話怎講？

～他若堅持自己去過天堂，就該提出真憑實據。

～衛斯理是以靈魂出竅方式去的，你要他如何提出真憑實據？

～你別問我，我只負責索求證據。

～誰知道天堂星在宇宙哪個角落，這證據要怎麼找？

～～你這麼說，更突顯了衛斯理空口說白話，他至少該在書中，提提天堂星的座標。

～～我真的敗給你了！

筆戰打到這裡，小寶賭氣關上了電腦，不久之後，就出現在我的書房。

等到小寶說完這段經過，兀自怒氣未消，口中還一直唸唸有詞，不外乎是批評徐月淨「死纏爛打」之類的。

我認識溫寶裕，超過二十年了，很少見到他這麼激動的。我正準備勸他幾句，小寶卻猛然起立，高舉右手，慷慨激昂道：「不行，我一定要找出證據，端到那老小子面前，讓他羞愧得無地自容。」

我一時之間，沒有會過意來，問道：「你要找什麼證據？」

溫寶裕想也沒想：「只要能將那老小子羞辱一番，任何證據都好！」

我不禁板起了臉孔：「小寶，你都成家了，不該再那麼孩子氣。」

溫寶裕卻義正辭嚴：「我沒有孩子氣，我是要替你出……替你爭一口氣。」

我走到他面前，拍了拍他的肩膀，柔聲勸道：「你又何必跟徐月淨那種人，一般見識呢？」說著，我將他推到電腦前，打開一個資料匣，道：「你看看這裡面，都是些什麼檔案。」

溫寶裕一把抓起滑鼠，不久便驚聲道：「都是徐月淨寫給你的信，哇，至少上百封，你怎麼從來沒告訴我？」

我聳了聳肩：「因為，我覺得沒有必要。徐月淨自認是正統科學家，自然將我們這種人視為異端，這是不折不扣的未審先判，還有什麼好辯解的呢？」

小寶眨了眨眼睛：「你的意思是，你從來不給他回信？」

我緩緩點了點頭，小寶又道：「難道你不擔心，他以為你全部默認了？」

我乾笑兩聲：「那又何妨！我始終相信，公道自在人心。」

小寶嘛起嘴巴：「可是我卻擔心，這樣發展下去，會劣幣驅逐良幣。」

聽到這個比喻，我忍不住哈哈大笑，道：「放心，徐月淨的說法，是標準的以偏概全，不會廣為流傳的。」

小寶卻用力搖了搖頭：「那可不一定，據我所知，有越來越多的年輕人，在網路上質疑衛斯理只是小說人物。」

我仍不為所動，心平氣和道：「沒關係，等回憶錄出版後，大家自然就明白了。」

小寶輕哼一聲，似乎並不認同這句話，他沉默良久，才忽然冒出一句：「都怪你，只顧得把故事寫得好看，從來沒想到好好舉證。」

我隨口反駁道：「舉什麼證？我又不是在寫推理小說！」

小寶並未理會我的回答，吸了一口氣，逕自說下去：「如今這個責任，落到了我身上，我可是責無旁貸。」說到這裡，他突然揚了揚眉，口氣也興奮起來：「這樣也好，咱們分工合作，你繼續關起門來，寫你的回憶錄，我來上天下海，替你的那些記述，找出真憑實據。」

我這才終於瞭解，月淨帶給小寶的刺激，著實非同小可，雖然經我開導了半天，小寶始終沒有鑽出牛角尖，還是一心想要替我舉證。

我正要勸他打消這個念頭，但轉念一想，這也未嘗不可。

人的心理就是那麼奇怪，我才剛冒出「未嘗不可」這種想法，下一秒鐘，就變成了「這樣也不錯」，隨即又更上一層樓，覺得這是「再好不過」的一件事。

因為我想到，小寶說得很對，如今我撰寫回憶錄，不比以前用小說體記述自己的經歷，應當採取更加嚴謹的態度，包括儘可能舉出真憑實據。可是話說回來，舉證這種事，說來容易做來難，小寶既然自告奮勇，當然再好不過！

溫寶裕見到我的態度，出現一百八十度的轉變，露出了不敢置信的眼神。

等到小寶百分之百確定，我並不是在說反話，他興高采烈道：「太好了，說做就做，我的蒐證工作，今天就從你的書房開始！」然後，他擺出天字第一號衛斯理專家的架式，道：「首先，『放我出來』四個字的波形圖，是不是還在這裡？」

我翻箱倒櫃好一陣子，總算將之找了出來，交到他手上，小寶如獲至寶，歡呼道：「萬歲！有了這張波形圖，再也沒有人敢說，《木炭》只是衛斯理虛構的鬼故事。我真想親眼看看，徐月淨收到了掃描圖檔，臉上會是什麼樣的表情！喔，對了——」

我已感染了小寶的興奮，一面搓手，一面問：「對了什麼？」

小寶以權威的口吻道：「等到你的回憶錄，寫到《木炭》的時候，千萬記得，要將這張波形圖附上，可別再說什麼考慮到製版手續的麻煩，所以省略了這種話。」

這個建議非常好，我用力點了點頭，答應一定做到。

小寶得意地笑了笑，又道：「對了，還有一組照片，也是許多年來，讀者在網路上討論的焦點，最好也能在回憶錄中，正式發表一次。」

老實說，當天乍聽小寶這句話，我真的一點聯想也沒有，但話說回來，我當然不會臉紅，因為我早已公開承認，溫寶裕對衛斯理故事的熟悉程度，在我本人之上。

我雙手一攤，表示毫無頭緒，小寶立即揭開謎底：「你在《頭髮》這本書裡寫道，曾經在那間神秘石室，替一個無以名之的古怪金屬物體，照了一組照片，後來還拿給兩位印度學者看過，可是你又推說，那些照片，在你日後九死一生的經歷中丟失了，所以無法公諸於世。」

我長長「喔」了一聲：「抱歉，你要失望了，那組照片，真的是弄丟了。」

小寶則長長嘆了一口氣：「那豈不是連最後一絲希望，也破滅了？」不待我發問，他已經繼續說下去：「如果能夠找到那組照片，至少還能反駁徐月淨對《頭髮》的若干指控。」

我有些不耐煩：「有完沒完，怎麼又兜回徐月淨身上了？」

小寶卻顯得一本正經：「兵法上，這叫作以敵為師！」

我大作不解狀，小寶解釋道：「你不是說過嗎，之所以要寫這套回憶錄，是為了向所有的讀者證明，衛斯理是一個活蹦亂跳的真人，唯有這樣，才能對抗那樁天大的陰謀！」

我點了點頭，小寶猛然伸出一隻手，以加強語氣，道：「所以說，你下筆之際，應該時時刻刻拿徐月淨當假想敵。如果連他那種人，都無法雞蛋裡挑骨頭，你這套回憶錄，自然就成功了！」

我又用力點了點頭，溫寶裕這番話，的確很有道理。但我正想誇他幾句，小寶忽然又嘆了一口氣：「所以我才挖空心思，想從《頭髮》這個故事裡，找出一些扎實的物證，來反駁徐月淨的『虛擬天堂』理論。只可惜……」

我安慰他道：「別灰心，我們再來想想。」

接下來，我和小寶果然抱著以敵為師的精神，花了兩三個鐘頭，仔細討論《頭髮》這個故事，結果卻是白忙一場。

因為無巧不巧，所有的物證（包括那間神秘石室）竟然毀的毀，丟的丟，沒有一件留下來！本來，還有一個極具公信力的人證，可惜那位一代明君，幾年前也死於非命！

談到了那椿尼泊爾王室的滅門血案，小寶突然壓低聲音：「怎麼會那麼巧，令人不禁懷疑，這也是天大陰謀的一部分。」

這回我並不以為然：「你的想像力，未免太豐富了！」

小寶卻一發不可收拾，繼續發揮天馬行空的聯想力：「從犯罪學的角度看來，那椿王室滅門血案的犯罪模式，像極了『死神』慣用的手法——無故殺害全家的王儲，活脫遭到死神附身！你說有沒有可能，是死神復活了，或是死神還有同黨？」

我實在聽不下去了，賭氣道：「如果你對死神那麼有興趣，要不要我把紅綾叫來，提供第一手資料？」

小寶雖然明知我在說氣話，還是雙手拚命亂搖，因為這段傷心往事，我們誰也不會在紅綾面前提起。

我正準備乘機拉回正題，小寶卻鬼叫一聲，大驚小怪道：「糟糕，有關死神這一段，將來如果出現在你的回憶錄中，一定也會被徐月淨批評得體無完膚。」

我揚了揚眉：「你的意思是，因為死神只是無質無形的超自然力量，所以徐月淨會說，一切都只是唯心的幻想？」

小寶垂頭喪氣地應了一聲，我突然靈光一閃，胸有成竹道：「別擔心，我有辦法。」

小寶又驚又喜，卻又半信半疑：「你有什麼……好辦法？」

我心情輕鬆，故意不直接回答：「給你三個字提示——游、夫、人！」

小寶張大嘴巴，一副丈二金剛摸不著頭腦的表情，可是天字第一號衛斯理專家畢竟不是浪得虛名，不到半分鐘，他就眼睛一亮：「因為游夫人——游俠的妻子——原本也只是一團能量，和死神極為類似。」

我不禁豎起大拇指：「完全正確！所以雖然死神無質無形，而且早已被徹底消滅，可是游夫人仍好端端地，和游俠過著幸福快樂的日子。我只要說明兩者的相似處，游夫人自然就成了我的人證兼物證。」

小寶則同時豎起兩根大拇指：「佩服佩服，果然薑是老的辣——啊，一語驚醒夢中人——」他話還沒說完，已經從沙發跳到了半空中。

等到落地後，小寶立刻手舞足蹈，眉飛色舞道：「難怪我覺得那麼耳熟，原來在數學證明上，偶爾也會用這一招，我稱之為『唇亡齒寒法』，如果兩個定理，彼此關係密切，那麼只要證明其中一個，另一個就不證自明。」

我笑道：「有趣有趣，可是，為什麼叫唇亡齒寒呢？」

小寶得意洋洋：「因為，這就好像攻下一座城堡，另一座就不攻自破，你說有沒有道理？不過，我剛才說一語驚醒夢中人，其實是指另一件事情——」

我又被他搞糊塗了：「什麼另一件事情？」

小寶以誇張的口吻道：「就是我們正在討論的問題啊！《頭髮》這個故事，人證死了，物證毀了，就像是陷入彈盡糧絕的絕境，徐月淨無論怎樣攻擊我們，我們都只有挨打的份。」

我面色凝重地點了點頭，小寶繼續道：「但正所謂山窮水盡疑無路，柳暗花明又一村，我突然福至心靈，想到一個足以讓情勢完全逆轉的重大關鍵——那就是徐月淨當初，將《頭髮》和《環》兩個故事相提並論，一口咬定，兩者都是電腦模擬的虛擬現實……」

我終於聽懂了他的意思，搶著接口道：「所以，只要我們能夠證明，那趟土星環之旅，並非什麼電腦模擬……」

小寶又把話搶回去：「那麼《頭髮》是電腦模擬的可能性，也就大大降低，甚至趨近於零了！」

沒想到，正當我陶醉在樂觀情緒中，小寶忽然臉一沉，冷冷道：「事到如今，衛斯理，如果你再隱瞞什麼，那簡直是一種不可饒恕的罪行！」

我像是挨了一記悶棍：「你這話什麼意思？」

小寶一字一頓，背書似地道：「衛斯理記述的土星環之旅，為何漏洞百出？」

我怔了兩三秒鐘，才總算明白過來，原來他是在背誦一則衛斯理未解之謎。我搖了搖頭，語重心長道：「這麼多年了，你還是沒將那個庸人自擾之謎刪去！」

小寶毫不猶豫地回嘴：「誰叫你自己，從來沒有講清楚過，每一次，無論我直接提起或旁敲側擊，你都閃爍其詞，顧左右而言他。」

我立刻反駁：「亂講，我只是懶得回答罷了！」

小寶仍舊咄咄逼人：「為什麼懶得回答？」

我則理直氣壯：「我自認已將那段經歷，一五一十忠實記述出來，有人硬要認為漏洞百出，我也沒辦法。」

不知為何，小寶語氣突然溫和許多：「你還記不記得，當年有個大學生，認為《環》只是一場騙局？」

我哼了一聲：「好像有那麼回事。」

小寶吁了一口氣：「當年你懶得理會他，打發他來找我，結果我們相見恨晚，無話不談。這件事，我憋了快二十年，今天一定要講給你聽聽。」

我做了一個但說無妨的手勢，小寶終於一吐為快：「那位同學，之所以認為《環》是騙局，其實是從你的另一個記述中，得到的啟示。」

我隨口應道：「是嗎？」

小寶用力點了點頭：「是的，那本書的書名，叫作《神仙》。」

原來如此！我幾乎立時就想通了。

因為在《神仙》這個故事裡，我曾花了許多篇幅，記述自己被「外星人」綁架到外太空，關在一艘「太空船」內，後來鬼使神差，讓我無意間發現，那只是東德特務組織（Stasi）精心設計的一場騙局。哪有什麼太空船，我只是被關在位於東柏林的東德特務總部！

那位想像力不下於溫寶裕的大學生，竟然將這兩樁經歷，硬扯到了一塊，以至於懷疑我的土星環之旅，同樣是攝影棚內演出的一場 The Truman Show。

想到這裡，我無奈地搖了搖頭：「小寶，當年你才十幾歲，信以為真也就罷了，怎麼十幾二十年之後，仍舊認為那個大學生，說得有道理？」

小寶居然振振有詞：「在案情沒有明朗之前，一切可能的線索，都不能輕易放棄。」

我的耐心終於用完了，沒好氣地道：「你死了這條心吧，這件事也早已死無對證，不可能再有什麼新的發展。除非——」我賭氣般補了一句：「就像我當年對那個學生說的一樣，除非你親自去土星環，看個究竟！」

III / ②

叁之二

降溫

◉

打開了圓筒，穆秀珍看到裡面是一卷紙，紙質甚薄，取出來一看，是一疊設計圖樣，穆秀珍才看了一眼，就失聲叫：「四風——」

雲四風過來，也是只看了一眼，便立時抬頭向波斯人望去，神情佩服之至。

雲四風和穆秀珍都是大行家，看了第一頁，就知道那是性能卓越之極的小型飛機的設計。而且奇的是，就在第一頁，就解決了兩項戈壁沙漠設計中未能做到的高性能——倒像是這份設計，是針對他們的小型飛機而來的！

兩人對這波斯人大是改觀，說話的語氣，自然也大不相同：「請借一步說話！」

那波斯人這時也變得客氣起來：「兩位果然是大行家，一見便知龍與鳳！」

——摘自《開心》

我曾經說過，戈壁沙漠所屬的「門派」，千百年來從不鑽研武學，而是追求工藝上的極致表現。因此可想而知，他們兩人從小到大，將所有的時間和精力，都投資在科學和技術之上，從未受過任何武術訓練。

話又說回來，千萬別將他們兩人，想成手無縛雞之力。戈壁沙漠的體格，其實相當健壯，只是從來不肯將之訓練成殺人武器（這是他們自己的說法），因為在他們看來，再厲害的拳腳功夫，也抵不過腦細胞所迸發的智慧。

每個人都可以有自己的觀點，所以我向來不予置評。

不過，對於戈壁沙漠這種論調，天工大王曾公開表示不以為然，認為那是標準的畫地自限。

天工大王自己，雖然稱不上武學高手，但是對於世上各種武術，或多或少都有涉獵。借用武俠小說的說法，他就是「博雜而不精」的典型。

幾乎每一個文明古國，都會發展出自己的武術體系（而且彼此之間，有許多相通之處，相當耐人尋味），擁有數千年歷史的波斯，當然也不例外。

雖說波斯的傳統武術，絕對比不上《倚天屠龍記》所描述的那麼神乎其技，仍有許多精妙之處，曾令少年時代的倫三德，為之著迷不已。

可是，隨著眼界越來越寬，他逐漸發現，另外兩個文明古國的傳統武術，更加瞭解如何將人體潛能發揮到極致。

於是五十幾年前，尚未成為天工大王的倫三德，曾經前往印度，在高人指點之下，潛心研究古老而神秘的瑜伽術。只可惜，計畫中的中國之旅，因為戰亂而臨時取消。

此後半個多世紀，天工大王或許由於心高氣傲，始終無緣遇到投契的中國武學高手，他只好憑藉過人的智慧，從典籍記載中，勉強一窺中國武術的堂奧。

所以說，天工大王對於內功、經脈、穴道之類的概念，至少不算陌生。

因此之故，當年他在山腹內盤腿趺坐，突然感到體內出現十幾股暖流，很快就明白了是怎麼回事。

對他而言，體內有暖流緩緩流動，並不是什麼陌生的感覺，他在印度修習瑜伽之際，早已體會到「生命能量」如何在「三脈七輪」之間循環不已。

然而，體內同時出現十幾股暖流，卻是前所未有的新奇經驗！

他隨即想到，在瑜伽術的古老典籍中，提到人體除了「左、中、右」三脈之外，其實還有七萬多個微小的「星芒管」，可說是生命能量的次要管道。但是，當他從腦海的記憶庫，調閱了所謂的星芒圖，卻只感到一陣眼花撩亂，無法從密密麻麻不計其數的星芒管中，找出任何頭緒。

接下來，他靈機一動，想到了中國氣功體系，也有類似的經脈圖。

他趕緊從腦海中，找到一本曾經熟讀的氣功圖譜，以最快的速度「瀏覽」一遍，立刻確定自己找對了方向。

於是，他將書中所有的經脈圖，逐一調出來，貼在「心靈視窗」上，然後和他體內的暖流，一一仔細對照。

啊，原來如此！

前胸和後背那兩股暖流，分別循著「任脈」和「督脈」前進，彼此互相銜接，成為周而復始的一股環流，中國人稱之為「小周天」。

此外，腰際感覺到的另一股環流，也代表一個重要的經脈，稱為「帶脈」。至於貫穿四肢的各個暖流，也無一不符合經脈圖的描述。

天工大王對於中國古人的智慧，至此再也沒有任何懷疑！

他隨即想起來，根據中國氣功理論，可以利用個人意志，操縱那些暖流的強度和速度。他抱著姑且一試的心態，沒想到很快就得心應手，體內那些暖流，就像他的手指那麼靈活，那麼聽話。

當時，天工大王感受到的驚喜和震撼，自然不言而喻。不知過了多久，他才從忘我的情境中，回到了現實世界。

那些暖流不再流動，彷彿瞬間消失無蹤，但天工大王仍舊感到，四肢百骸有說不出的舒暢。直到這個時候，他才依稀想起，自己是誤打誤撞，無意間進入了中國氣功的奇妙境界。

因為剛才（這時他才發現，那是三小時前），自己正在研究一個完全無關的問題。他是在研究地球的洋流和氣流，更正確地說，他是在自己的大腦中，模擬洋流和氣流的運動模式。

正當那些洋流和氣流，開始在他腦海中緩緩流動之際，那些「真氣」剛好也在他體內出現。

這想必並非巧合，可是兩者間的關聯，究竟是什麼？

即使是學貫天人的天工大王，也花了好幾小時，才終於想到正確答案。

中國古代九流十家，幾乎都有「人體小宇宙」這類說法，例如天庭飽滿、地閣方圓，就是這類學說的遺跡。

小宇宙和大宇宙之間，自然有數不清的對應關係，所以既然「天行健」，「君子」當然應該「自強不息」，這就是最基本的天人相應。

然而，在現代科學看來，這類理論，只是玄之又玄的玄學。

好在，天工大王並非受過「正統科學訓練」的科學家，所以在他心目中，玄學和科學之間，並沒有一個明顯的界線。

更重要的是，他早已堅決相信，地球上存在著好幾種巨大生命。

因此，他才順理成章聯想到，整個地球也可視為一個巨大生命體，姑且不論這個生命體，究竟有沒有智慧，但它具有類似人體的經脈，則是殆無疑問的一件事。

想到這裡，天工大王再度在腦海中，模擬出地球的洋流和氣流，越看越覺得明顯之極——海洋和大氣中每一道環流，都無異於一股真氣，循著經脈不斷周而復始。

想通了這點之後，另一個問題，立刻迎刃而解。

他之所以不知不覺，打通了大小周天，正是因為他的潛意識，並不認為人體的經脈和地球的經脈，有任何相異之處，因此，當他利用大腦模擬洋流和氣流之際，潛意識自然而然，視為他在催動自己的真氣！

天工大王不禁撫掌大笑，這是任何人，解開一個難題之後，必然會有的反應，雖然貴為天工大王，也並不例外。

然而，喜悅的心情並未持續多久，因為他隨即想起，真正的問題，根本尚未解決！他隱居山腹內，並不是來研究地球到底有沒有經脈，更不是來練功的。

他閉關的真正目的，是為了找出替地球降溫的方案。這個問題，至今仍舊毫無進展，所以無論「副產品」多麼豐富，也絕非值得高興的事。

就在這個時候，天工人王忽然靈光一閃：不，剛才的發現，並非什麼副產品，而是解決問題的關鍵！

他喚醒腦海中塵封的記憶，想起了所謂的經脈理論，除了是中國氣功的基礎之外，和中國傳統醫術，更是息息相關。

甚至可以說，在中國醫家眼中，人體的經脈就是治病的捷徑，因為每一條經脈之上，都有好些能夠激發自癒力的關鍵點——對了，中國人稱之為穴道。

既然地球有經脈，這些經脈之上，想必也有穴道，或許——不，極有可能，只要刺激到正確的穴道，立刻就能替地球退燒。

幾週後，天工大王來到地球另一個角落，拜訪一位故人——雲氏工業集團的總裁雲四風。

我很早就提到過，雲氏工業是一家跨國的集團科技公司，專門研發最尖端的太空和軍事科技，事業做得非常成功，就連戈壁沙漠這兩位不輕易出山的怪傑，也是這家公司的高級顧問。

此外我也曾經提到，雲四風的妻子，就是鼎鼎有名的女俠穆秀珍，她不但是木蘭花的堂妹，而且還是紅綾的乾媽（至於穆秀珍的身世之謎，其實我也已經揭曉）。

不過在此之前，我當然還沒有機會，介紹天工大王和雲四風夫婦的一段淵源。

用最簡單的方式來說，天工大王也曾客串雲氏工業的顧問，他提出的設計圖，令雲四風當場佩服得五體投地。

但嚴格說來，那只是一面之緣，天工大王倏來倏去，從此神龍見首不見尾。

多年來，雲四風一直在積極查訪天工大王的下落，萬萬沒想到，就在他逐漸放棄希望之際，天工大王竟然出現在他面前。

雲四風的驚喜和激動，可想而知。

事實上，當秘書來電通報，有一位倫三德先生，臨時來訪之際，雲四風便一躍而起，衝到門外，親自將天工大王迎進他的私人辦公室。

坐定之後，天工大王略過一切寒暄，第一句話就單刀直入，問道：「你對全球暖化現象，有何看法？」

雲四風非常瞭解，像天工大王這樣的世外高人，自有一套不同於俗世的行事標準，所以他也省略了客套（甚至連酒也沒倒），直接答道：「這是個十分複雜的問題，唯一能夠肯定的是，它已經不再是理論，而是正在發生的事實！」

天工大王若有所思，點了點頭：「你自己，可曾做過任何努力？」

雲四風毫不猶豫，語氣更難掩驕傲：「雲氏集團早在五六年前，就撥出了十幾億歐元，改良我們的生產設備，以減低二氧化碳排放量。與此同時，我們還投入加倍的人力，進行各種替代能源的研發。」

天工大王卻搖了搖頭，用地道的北京腔，說了兩個成語：「既是杯水車薪，更是緩不濟急！」

雲四風沒有絲毫不悅，反倒一副心悅誠服的表情：「請教閣下高見！」

於是，天工大王花了幾分鐘時間，將「水蒸氣才是溫室效應元兇」這個觀點，向雲四風詳細解釋了一遍。

雲四風聽完後，反應和所有的科學家一樣：「可是，絕大多數的水蒸氣，都是自然生成的——是地球水循環的必然產物，和現代文明並沒有關係，不像二氧化碳……」

天工大王舉起手來，打斷了雲四風，道：「所以你認為，人類對水蒸氣束手無策，只好退而求其次？」

雲四風瞪大眼睛：「莫非閣下想到了什麼妙法？」

天工大王並未直接回答：「我想你一定知道，早在半個世紀前，人類已經開始進行改造氣候的實驗，而這些實驗，正是設法改變水蒸氣的濃度。」

雲四風雖然對天工大王崇敬有加，聽到他這麼說，仍舊忍不住質疑：「閣下是指人造雨？那只能算極小規模的改造，和整個大氣層比起來，同樣是杯水車薪。」

天工大王笑了笑：「人造雨若用得巧，即可收四兩撥千斤之效。」

雲四風若有所悟：「有道理，如果巧妙運用人造雨，甚至能夠令颶風威力減弱。不過——」他頓了頓，似乎有點猶豫，終於又開口道：「據我所知，即使是美國軍方最著名的『破風計畫』，後來也遭人質疑，並沒有顯著效果，甚至有人一口咬定，那些颶風之所以減弱和轉向，其實純屬巧合！」

天工大王笑得更加開懷：「雲總裁果然見多識廣！」

雲四風不禁面露得色：「總之，請恕我直言，若想將人造雨用在這方面，即使撒出再多的乾冰或碘化銀，也只能凝結極少數的水蒸氣，絕不可能降低全球水蒸氣的濃度。」

天工大王用力點了點頭：「我完全同意，不過，除了人造雨，應該還有別的辦法，可以有效降低水蒸氣含量。據我所知，雲氏集團也參與了這項研究……」

雲四風不禁怔了一怔，但轉念一想，天工大王並不算外人，自然不必對他有任何隱瞞。於是，他清了清喉嚨，一本正經道：「沒錯，雲氏集團的美國分公司，也參與了這個『薄膜計畫』，而且成效卓著，遠超出事前的預期，否則，卡崔娜颶風造成的災害，少說也要增加一倍。」

天工大王笑道：「我果然沒料錯，可否請問，你們覆蓋了多少海洋面積？」

雲四風仰頭想了想：「至少十萬平方公里！我們趕在卡崔娜颶風之前，預先在海面上，覆蓋了一層分子薄膜，有效阻止了海水的蒸發，藉此減少颶風所能吸收的養分。」

天工大王意有所指，高聲道：「可惜只是減少，而不是阻斷養分。」

雲四風嘆道：「實際上，不難製造出效果百分之百的分子薄膜，可是這樣的薄膜，無法自行分解，對海洋生態會造成巨大危害。」

天工大王語重心長：「所以在你看來，這種分子薄膜技術，並不能推而廣之，用以降低大氣層的水蒸氣含量？」

雲四風斬釘截鐵道：「絕對不行，那無異於飲鴆止渴！」

天工大王故意嘆了一口氣：「難道說，就沒有別的辦法了？」

雲四風終於聽出來，對方心中早有定見，只是（不知道為什麼）暫時不肯明說。但他相信天工大王必有深意，決定陪他玩下去：「如果只是紙上談兵，自然不難想到其他辦法，不過，恐怕同樣是飲鴆止渴。」

天工大王顯得很感興趣：「但說無妨！」

雲四風吸了一口氣，道：「如果我們硬要將水蒸氣，也視為溫室氣體，那麼它和其他溫室氣體最大的不同，就是會有惡性循環現象——地球越暖化，水分越容易蒸發成水蒸氣，而大氣中的水蒸氣越多，地球暖化也就越嚴重。」

天工大王豎起大拇指：「說得好，惡性循環正是問題的關鍵！」

雲四風受到了鼓勵，繼續大膽推理下去：「話說回來，只要逆向思考，惡性循環就能變成良性循環。如果我們有辦法，降低全球平均氣溫，哪怕只是一度半度，應該也能令水蒸氣濃度顯著降低，然後，良性循環便開始了。」

天工大王打岔道：「可惜你的推論，陷入了先有雞／先有蛋的困局。」

雲四風微微一笑，做了一個請聽下去的手勢：「我剛才說過，臨時想到了一個飲鴆止渴的辦法，那就是利用所謂的『核冬效應』來遮蔽陽光，達到降溫的目的。不過，當然不需要真正發射核彈，只要引爆一座夠大的火山，所噴出的火山灰，就有機會飄到全球各地上空。事實上，十九世紀初，印尼一座火山爆發，就使得全世界過了一個『沒有夏天的一年』，可惜我忘了確切的年份。」雲四風雖然不是氣象專家，但他自幼對各種科學，都有濃厚的興趣，也都下過一番苦功，這時旁徵博引，倒也並不吃力。

天工大王似笑非笑，道：「雖然的確是飲鴆止渴，但你能想到這個辦法，已經很不簡單了。」

這時，門外突然傳來一個甜美的聲音：「既然四風已經猜到八九不離十——」天工大王轉頭一看，穆秀珍像一陣風般捲進來，衝著他拱了拱手，道：「那就有勞閣下，宣佈正確答案吧！」

天工大王還了一禮：「雲夫人，別來無恙？」

穆秀珍坐到了雲四風身邊，朗聲笑道：「還好，只是和四風一直惦記著您老人家，沒想到終於盼到您了，卻一個勁兒跟我們打啞謎。」

天工大王嘆了一口氣：「並非我打啞謎，而是一言難盡！」

穆秀珍語氣十分誠懇：「既然一言難盡，何妨從頭慢慢說起。」

雲四風則以實際行動表示誠意，他二話不說，按下了桌上的對講機：「瑪姬，將我今天——不，這兩天所有的行程和約會，一律改期！」

然後，他抬起頭來，豪氣干雲道：「懇請閣下知無不言，言無不盡，內人和我一定奉陪到底。」

於是，天工大王話說從頭，一口氣說了三個多小時，才終於講到，他為何隱居山腹，苦思解決全球暖化的良方。

之所以花了那麼多時間，主要是因為穆秀珍頻頻發問，不像剛才只有雲四風在場，天工大王和他高來高去，幾乎不用多加任何解釋。

雲四風覺得有些不好意思，好幾次要阻止妻子插嘴，天工大王卻揮了揮手，笑道：「尊夫人的問題無不一針見血，我對她解釋一遍，其實自己受惠更多。」要知道，天工大王自從出道以來，很少有機會碰到像穆秀珍這樣的「好學生」，自然分外珍惜。

等到天工大王開始說明，自己如何無意間悟出了地球也有經脈，穆秀珍又搖身一變，成了大行家，提出許多自己的見解，令天工大王佩服不已。

當天色逐漸轉暗之際，天工大王終於講到最關鍵的地方——他如何在這些巨大經脈上，尋找替地球退燒的穴道。

關於這個問題，他是這樣起頭的：「雖然，地球經脈的數目，多達數十條，至少是人體的兩三倍，但我很快就發現，對於全球氣候系統的影響，要數『經向環流』佔有最重要的地位。」

穆秀珍照例追問何謂經向環流，天工大王微微一笑：「簡單地說，就是南北方向的環流。在大氣層中，最具代表性的經向環流，其實剛才已經提到，就是從極地到赤道的三個巨大對流胞，至於在海洋裡，則是所謂的溫鹽環流。

「起先，我集中心力，設法在大氣的經向環流上，尋找心目中的穴道，結果徒勞無功。於是我將注意力，轉移到海中的溫鹽環流，不久之後，就有了驚人的發現！」

說到這裡，天工大王做了一個手勢：「雲夫人莫急，我這就來解釋何謂溫鹽環流——「一般我們所熟悉的洋流，主要都是由風力驅動的，可想而知，這些『風吹流』只能在海洋表層流動。溫鹽環流則不同，屬於罕見的深層洋流，位於海平面幾公里之下。」

穆秀珍還是忍不住插嘴：「所以這種深層環流，一定另有動力來源！」

天工大王射出嘉許的目光，道：「正是如此，賢伉儷何妨猜猜，動力來源為何！」

穆秀珍自告奮勇：「冷熱對流作用？」

天工大王咧嘴一笑：「不對！」

雲四風皺起眉頭：「因為地球自轉？」他雖然知識淵博，但也是第一次聽到溫鹽環流這個名詞，所以對於自己的猜測，並沒有多少把握。

天工大王又笑了笑：「也不對！正確答案是，因為海水中的鹽分……」

雲四風和穆秀珍齊聲驚呼：「什麼？」

天工大王似乎有點不高興：「別急，我還沒說完——是因為海水中的鹽分，分佈不均勻，所形成的力量。」

雲四風突然若有所悟，轉頭對穆秀珍道：「記不記得，去年張堅博士替環保活動募款，送了我們一片DVD？」

穆秀珍想了想：「對，是有這麼回事。」

雲四風點了點頭：「我肯定那部科幻電影，提到過這種洋流，但並不是用這個名字。讓我想想，嗯，它將熱量送到北半球，然後在北大西洋高緯度海域，海水經過蒸發，鹽分變濃了，於是沉到海底，一路流到南極。」

天工大王總算恢復了笑容：「很好，雖不中亦不遠矣！事實上，既然稱為環流，它的路徑周而復始——」說到這裡，他抓起一支筆，走到掛著世界地圖那面牆，咕噥了一聲抱歉，便在地圖上畫將起來，一面畫一面道：「它從南極深海再向北流，一直流到北太平洋，再度湧出表層，如此循環不已。當然，其間少不了加熱過程，但這些細節並不重要，重要的是，在這條溫鹽環流上，有幾個明顯至極的穴道，例如這裡、這裡、這裡和這裡！」

雲四風夫婦定睛一看，地圖的上下端，各出現兩個叉叉，分別位於格陵蘭和南極大陸的兩側。

天工大王不等他倆發問，逕自說下去：「這幾個地方，科學家稱之為『深對流點』，只是從來沒有人想到，它們就是溫鹽環流的穴道。」

穆秀珍又第一時間發問：「什麼叫深對流？」

天工大王這才發覺自己跳得太快，趕緊補充道：「剛才你們當家的提到，海水由於蒸發，鹽分變濃了，於是沉到海底，這就是所謂的深對流。不過實際上，發生深對流的條件，可謂相當嚴苛，和周遭地形有密切關係，所以只集中於這幾個點。」

這時，雲四風突然提出質疑：「為何南極附近，也有深對流點？」

天工大王再次豎起大拇指：「好問題！南極附近的深對流，並非源自海水蒸發，而是由於海水結冰。」

雲四風一點就通：「我懂了，因為真正結冰的，幾乎都是淡水，所以周圍的海水，鹽分自然變濃！」

天工大王使勁點了點頭：「沒錯，所以這條橫跨地球的巨大環流，每當流到南極附近，又會增加一批生力軍。」

這時，穆秀珍做了個歉然的表情，道：「抱歉，這些理論雖然很有趣，可是好像越扯越遠了。」

天工大王哈哈大笑三聲：「恰恰相反，我們正講到了關鍵處。雲夫人，請想想剛才提到的那部電影，主題是什麼？」

穆秀珍瞪大眼睛：「全球氣溫突然劇降，可是……」

與此同時，雲四風猛然吸了一口氣：「不會吧？難道說……」

天工大王神情嚴肅，緩緩點了點頭：「沒錯，這正是我想到的辦法。我打算利用這些穴道，減緩溫鹽環流的流勢，這樣一來，地球就能迅速退燒。一旦地球開始退燒，水蒸氣濃度自然下降，良性循環立刻就會開始。」

雲四風露出罕見的驚訝表情：「不，氣候是極敏感的物理系統，你怎麼有把握，拿捏得剛剛好？一個不小心，就會將地球帶回冰河期！」

穆秀珍幫腔道：「對，這就是家喻戶曉的蝴蝶效應！」

天工大王又大笑幾聲：「賢伉儷只知其一，不知其二。」

雲四風稍微恢復了鎮定：「願聞其詳。」

天工大王又指了指地圖：「我畫出的這四個對流點，性質並不完全相同。只有北端兩個，處於你們所擔心的不穩定平衡，換句話說，南端那兩個點，並非什麼『危險穴道』，稍微刺激一下，絕對不會引發蝴蝶效應。」

雲四風仍實事求是問道：「但無論如何，這只是理論罷了，閣下如何那麼肯定？」

天工大王露出相當自負的表情：「誰說只是理論罷了——」他用右手食指，輕敲太陽穴，道：「我已做過無數次模擬，已經有了萬全的把握！」

他看出雲四風仍面有疑色，又賭氣道：「當年我給你的設計圖，也是用同樣方法模擬出來的，難道你認為，我寶刀已老？」

雲四風頓時啞口無言，他再怎麼也不會忘記，那組設計圖完美無缺，是他平生僅見。

雖然雲四風仍舊覺得，兩者似乎不能相提並論，這時也不便再多說什麼。他靈機一動，想到可以換個方式，詢問一下具體做法，卻又擔心對方察覺他仍在變相質疑。

正當他舉棋不定之際，穆秀珍已心直口快：「既然閣下已有萬全把握，這等造福全人類的壯舉，有什麼我們能效勞的，閣下儘管開口就是！」

雲四風默契十足地接口道：「對，無論任何精密機件，只要閣下提供設計圖，雲氏集團就有把握，做出全世界最完美的成品。」

天工大王又哈哈大笑，笑聲比剛才更為豪放：「中國有句俗話，無事不登三寶殿，我這次不遠千里而來，的確是有求於故人。不過——」他頓了頓，露出一抹神秘的笑容，又道：「這次行動所需的設備，我會自行張羅，不敢勞駕雲氏集團。」

穆秀珍不解地道：「那我們還能幫什麼忙呢？」

天工大王毫不猶豫：「我需要借天下第一奇船『兄弟姐妹號』一用。」

I / ③

壹之三

沙漠

塔克拉瑪干，進去出不來！

如今，良辰美景卻必須攜帶最原始的裝備，進入這座全世界數一數二的流動沙漠。

雖然，她們在行前準備中，曾針對這座位於新疆塔里木盆地的大沙漠，做過深入研究，確定「進去出不來」這個翻譯，只是以訛傳訛罷了，可是另一方面，她們也在上千年的歷史文獻中，讀到無數有關這座沙漠吃人不吐骨頭的真實記載。

想當年，就連備受諸天神佛保佑的高僧玄奘，在進入這座沙漠之後，也不禁感到毛骨悚然，只覺得：「四顧茫然，人鳥俱絕，夜則妖魅舉火，爛若繁星，晝則驚風擁沙，散如時雨。」

雖說距離玄奘的時代，已有一千四百年之久，可是，這座面積三十多萬平方公里的荒漠，不但沒有被人類馴服，反倒變得更加險惡。

正因為如此，許多盛極一時的綠洲古城，早已物換星移，成為廢墟鬼域，除了眾所周知的樓蘭和尼雅，還有許多大大小小的遺址，恐怕只有考古學家叫得出名字。

自從十九世紀末，西方探險家斯文·赫定等人，發現這些遺址之後，一百多年來，這座沙漠帶給考古學家的驚奇，似乎永遠沒有止境。

甚至良辰美景兩人，當初在翻閱資料之際，也頻頻發出驚呼聲。因為她們怎麼也想不到，人類在這個地區活動的歷史，居然能上溯到四千年前（差不多就是「大禹治水」那個時代），而且已經發展出相當高的文明。

過去十幾年，良辰美景行萬里路，讀萬卷書，因此「見多識廣」四字，可說當之無愧，但是，像這種專門之極的考古資料，並不是在博物館能輕易看到的。

提供她們這些資料的人，當然是中國文物特警隊的烏隊長。

至於烏隊長提供這些資料的目的，當然是為了讓良辰美景，對她們即將執行的任務，有更深入的瞭解和認識。

在文物特警隊的極機密資料中，良辰美景所執行的任務，代號是通宵達旦專案。

這個專案的目的，是要以出奇制勝的方法，逮捕一名頻頻在中國境內盜賣古物的大盜——他的名字，叫湯達旦。

事實上，那天在醫院病房內，烏隊長將這名大盜形容為「齊白加衛斯理再加上戈壁或沙漠」，良辰美景心裡已經有了底，稍後答案揭曉，她們的猜測果然正確。

因為幾年前，她們就從我的著作，以及白素的轉述中，獲悉了湯達旦這號人物，知道他專門在全球各地，從事走在法律邊緣的古物交易，不但本領高強，而且出身神秘。

所謂走在法律邊緣，是指他出售的古物和珍寶，雖然都屬於國家級的寶物，可是一來，那些寶物一律早已下落不明，並非任何博物館或私人的收藏，二來他又非常聰明，在歐洲出售南美洲和亞洲的寶物，在亞洲則只賣歐洲貨，所以那些寶物的原屬國家，拿他無可奈何。

當年在我的記述中，所舉的實例，正是之前提到的〈蘭亭集序〉真跡。據我所知，就連齊白這位世界頂尖盜墓人，也從未確定這幅真跡到底藏在「唐十八陵」的哪一陵，並引為平生一大憾事。如果有人根據這點，硬要說湯達旦本領在齊白之上，我也無法反駁。

不過，根據良辰美景的印象，湯達旦在引發了亞洲金融風暴之後，也因玩火自焚，元氣大傷，從此銷聲匿跡，已有五六年之久。所以後來，在衛斯理叔叔的記述中，再也沒有提到這個超級投機份子。

所以，她們聽說湯達旦竟重出江湖，難免感到有些驚訝。話又說回來，等到她們聽完烏隊長的簡報，原先的驚訝，就根本不算什麼了。

因為，烏隊長所掌握的湯達旦檔案，比我當年的記述，不知詳盡了多少倍。

比方說，我曾一再強調，湯達旦的來歷神秘之極，天曉得他是從哪裡冒出來的，頂多只知道他有八分之一的中國血統，很可能曾在英國受過高等教育，而且顯然是個練家子。甚至後來，我拜託小郭親自出馬，也沒有對他的出身和背景，調查到任何有用的線索。

可是，烏隊長所領導的文物特警隊，想必另有特殊管道，竟有辦法將湯達旦的祖宗八代，摸得一清二楚，發現他的祖上相當顯赫，包括一位在中亞和西域考古史上名聞中外的學者。

（不過，由於湯達旦屬於「庶出」，所以在這裡，我不便寫出那位考古學家的大名，好在這無關故事緊要。）

（又，湯達旦這位祖上，到底是不是一位偉大的考古學家，其實見仁見智，例如在烏隊長等人眼中，他根本就是盜賣中國文物的開山祖師。）

此外，之前我也完全想不透，湯達旦到底掌握了什麼資料，能夠找到那麼多早已從人類歷史上消失的古物。這個問題的答案，烏隊長雖然不算百分之百肯定，但特警隊的調查結果，至少能夠讓她提出一個假設。

這個假設大膽之極，但是有根有據，所以必須稍加說明。

大約兩年前，文物特警隊僱用十幾名職業駭客，成功滲透了一個秘密交易網站，發現其中有幾項拍賣品，賣主極有可能就是湯達旦。

湯達旦維持過去的一貫作風，將拍賣品的相關資料，公佈得鉅細靡遺。文物特警隊自然將這些資料一一下載，歸入相關檔案中。

不多久，在一次工作會議上，特警隊所聘請的首席學術顧問，看到這些圖文並茂的拍賣資料，差點沒有當場心臟病發。

因為這位國內一流的考古學家，一眼就認出來，其中一件古物（一尊造型古怪之極的陶鼎），應該還在他所領導的考古隊，目前正在挖掘的一座商代古墓之內。

由於年代久遠，那座古墓早已坍塌，裡面一件件的隨葬品，皆封固在泥土中，所以考古隊估計，至少需要兩三年時間，才能一層一層刷去泥土，讓那些古物重見天日。

目前他們所能做的，只是利用聲納儀，確定這座古墓的範圍，以及裡面一些重要的隨葬品。由於那尊陶鼎，造型獨一無二，所以首席顧問印象深刻，堅持絕對沒有認錯。

烏隊長立刻追問：「上次進行聲納測量，是什麼時候？」

首席顧問毫不遲疑：「一個月前！當時這個陶鼎，還埋在兩米之下！」

當天稍後，考古隊便接到一道緊急命令，要他們放下手邊一切工作，第一時間再做一次聲納測量。

可想而知，陶鼎已經不在聲納儀的畫面上。

如果照常理判斷，「內賊」是最現成、最可能的解釋，也就是說，那支考古隊裡面，想必暗藏了湯達旦的人馬。可是經過最嚴密的調查（包括極不尊重人權的測謊），終於還給考古隊員清白。

因此，似乎只剩下一個可能，湯達旦預測到了那批古物即將出土，於是捷足先登。

至於他是如何預測到，又是如何下手的，當然都不得而知。

但不久之後，由於另一項發現，至少第一個謎，有了一線曙光。

文物特警隊的一名研究員，利用最先進的「資料探勘」軟件，將湯達旦的犯罪檔案，和網路上所有相關資料互相比對，發現了一個驚人的關係——

湯達旦所盜竊和販售的古物，雖然在各國官方紀錄上，都屬於下落不明，可是，在考古學界，卻是許多學者競相研究的對象。

同樣舉〈蘭亭集序〉為例，那名研究員發現，早在湯達旦出道之前，已有一篇學術論文，舉出許多可靠的證據，認為那幅真跡，並非如傳說所言（我自己也一直這麼以為），成為唐太宗最心愛的陪葬品，而是幾十年後，才被送入唐高宗與武則天合葬的乾陵中。

只不過，由於那篇論文，發表於相當冷門的學術刊物，在 Google 出現之前，普通人搜尋到這種資料的機會趨近零。然而理論上，湯達旦還是可能在一九九〇年代，透過無遠弗屆的網路，找到這篇論文的摘要。

至於最近這個「商鼎失竊案」，就更容易解釋了。因為到了二十一世紀，幾乎所有的資料，在電腦世界都有一個副本，例如考古隊的聲納測量結果，雖然沒有公開上網，仍舊曾經利用內部網路，進行學術交流。

烏隊長綜合這些情報，所做的大膽假設如下：在湯達旦的眾多專長中，至少還包括了頂尖駭客在內。因此，在這個全球電腦彼此互聯的時代，只要他有心，沒什麼查不到的資料。

這個大膽假設出爐之後，第二天，特警隊便成立了通宵達旦專案，由烏隊長親自擔任召集人。

所謂知己知彼，百戰不殆，既然假設對方有本事侵入任何電腦，有關這個專案的一切運作，打從一開始，就迴避各種電子設備；不但所有的資料，絕不輸入電腦，甚至成員之間的溝通，也嚴禁使用任何通話器材——因為一旦你的聲音，轉換成了電波訊號，就再也沒有秘密可言。

一言以蔽之，在如今這個科技時代，想要保密防諜，最有效的方式，並非利用高科技，而是反其道而行，儘可能回歸原始。

在所有的防範措施，自認滴水不漏的情況下，專案小組開始針對湯達旦，擬定步步為營的作戰計畫。

就在萬事俱備，只欠東風之際，良辰美景突然送上門來。

起初，烏隊長一度以為，良辰美景是湯達旦的同路人，但她只花了一天時間，就確定這對姐妹的幕後主使者，其實是在下衛斯理。

但烏隊長暫且按兵不動，要等待最佳時機再出手。不過，後來她向良辰美景特別強調，當初計畫中的「出手」，絕非將她倆從泥漿裡挖出來。

且說當天，烏隊長在病房中，一口氣說到這裡，眨了眨眼睛，道：「我總覺得這是天意，無論我怎麼想，也想不到還有什麼人，比你倆更適合執行這個任務。」

良辰美景竟然謙虛起來：「隊長手下，想必人才濟濟——」

烏隊長搖了搖頭，笑道：「我剛才說了，原本萬事俱備，只欠東風，就是因為我的手下，沒有任何人適合。因為，這種欺敵的工作，一定要由外人進行，才能確保不被識破。」

良辰美景正想追問，究竟是什麼樣的欺敵工作？忽然想到一個更重要的問題，齊聲道：「隊長既然這麼小心，我們的對話，難道不怕被竊聽？」

烏隊長淺淺一笑，露出一對美麗的酒窩，道：「我剛才說，要儘可能回歸原始，絕不等於徹底放棄科技。你們放心，這間病房，不只你們逃不出去，任何聲波或電波，也同樣插翅難飛。」

接下來，烏隊長便進入正題，講述誘捕湯達旦的具體計畫。這番話原本很長，但為了節省篇幅，我將之簡單整理成下列五點：

一、為了誘捕湯達旦，專案小組精挑細選，終於選定一個令他無法抗拒的誘餌。

二、這個誘餌，是位於新疆地區的一座露天古墓，不久之前，才由中國軍事衛星無意間發現，消息列為最高機密。

三、為了避免洩密，目前為止，尚未進行任何實地勘查。但根據衛星資料，已經能夠看出該古墓頗具規模。

四、良辰美景的任務，是要秘密前往那座古墓，在其中尋找適當的隨葬物，裝上微型追蹤器。

五、一旦她倆完成任務，文物特警隊立即透過各種管道，透露古墓的訊息，吸引湯達旦上鉤。

當然，這麼嚴密的誘捕計畫，僅僅歸納成五點，明眼人看來，自然掛一漏萬，比方說，良辰美景兩人，要怎樣前往那座古墓？微型追蹤器，又怎能不被湯達旦發現？

事實上，針對每一個環節，烏隊長都做過詳細說明，令良辰美景再也沒有疑慮，但我打算暫且跳過這些細節，必要的時候，再來進行補充。

在這裡，我只想先解釋一個重要關鍵：為何烏隊長確定，這座沙漠古墓，對湯達旦而言，是個無法抗拒的誘餌？

還記得嗎，在烏隊長提供的資料中，對於塔克拉瑪干沙漠的歷史，有著鉅細靡遺的介紹。其中，最令良辰美景驚訝的，就是早在四千年前，這個地區已經出現高度的文明。

這個事實，雖說一般人（包括良辰美景）並不熟悉，但在考古學界，早已不是什麼新聞，而這就代表，湯達旦這位「業餘考古學家」一定也知之甚詳。

說來真是巧到難以置信，有關這個古代文明的考古證據，最早就是由湯達旦那位祖先所發現的。

不過，受限於十九世紀的科技，他老人家只能判定，那些埋在黃沙下的乾屍，年代十分久遠，人種相當陌生，除此之外，無法進行更進一步的科學研究。最後，考慮到探險隊人力有限（因為值得搬的東西實在太多了），他並未將任何一具乾屍，帶離這座大沙漠。

幸好如此，那些天然木乃伊，才能繼續躺在黃沙中，等待幾十年後的考古學家，揭開他們的身世之謎。

一九八〇年代，一支國際考古隊，在尖端科技協助下，得到了震驚考古學界的大發現——這些「塔里木乾屍」的年份，已有三四千年之久。此外，針對這些乾屍的衣著和飾物，所進行的深入研究，顯示這批神秘人種，科技已經相當進步，例如早已進入鐵器時代。

其後二十年間，在有系統的挖掘下，整個塔里木盆地，又發現了十餘處古墓群，使得考古學家對於這個失落的文明，有了更深入的認識和瞭解。

然而，這些古人究竟來自何處？他們的文明為何僅僅曇花一現？當今世上還有沒有他們的後代？這種種問題，仍是考古學界亟待揭開的大謎。

因此最近這幾年，塔里木盆地成了考古學的聖地，若非中國政府管制嚴格，全世界至少有一半的考古人類學家，會放下手邊的工作，趕來此地碰碰運氣。

影響所及，在古物市場，尤其是黑市上，中國西域地區的相關古物，也因此水漲船高，身價百倍。（湯達旦的祖先，如果地下有知，一定非常後悔自己不識貨，當年沒將那批乾屍運到西方，以蔭庇子孫。）

這就是為什麼，烏隊長對這個誘餌的吸引力，有著百分之百的信心。

再回到當天晚上，良辰美景的病房內。

烏隊長在離去前，還特別叮嚀道：「這次任務機密之極，你們出發後，無法和總部進行任何聯絡，所以一切都要靠自己。此外，為了確保行蹤不致外洩，你們所攜帶的裝備中，絕不能有任何會發射電波的裝置——這樣說吧，你們最好將自己，想成一百年前的探險家。」

為了切實做到掩飾行蹤，良辰美景出院後，並沒有直接前往新疆，而是先到香港短暫停留（順便來向我們報平安，以免我真的去劫獄），然後飛往印度，再輾轉進入新疆境內。兩人還刻意打扮成維吾爾族女子（名義上是欺敵，其實只是她們自己覺得好玩），才開始進行沙漠之旅的準備工作。

她們的購物清單洋洋灑灑，但最重要的一項，是六頭上好的駱駝。因為她們一直記得，在我的記述中，一位沙漠專家曾經這麼說：「誰告訴你該停步了，旋風就在前面；誰告訴你該快些走，前面有綠洲在等著；誰告訴你大群毒蠍伏在你附近？誰給你在糧食吃盡時以不必冷藏的糧食？全是駱駝，而不是汽車！」

後來，她們能夠平安往返，並沒有「進去出不來」，果然全靠那六頭駱駝鞠躬盡瘁，死而後已。事實上，當她們終於找到那座古墓之際，已有半數駱駝不在她們身邊，而在她們肚子裡。

這絕非她們準備不周，要知道，她們事前透過廣泛的閱讀，已經堪稱半個沙漠專家。只是沙漠環境太過無常，她們在進入沙漠的第三天，就遇到了突如其來的大風暴，捲走了她們所有的家當。

總而言之，良辰美景這趟沙漠之旅，名副其實歷經千辛萬苦，全靠她們過人的意志力，才終於撐到了目的地。

故事說到這裡，應該很適合來討論剛才擱下的問題：在茫茫沙海中，她們並未攜帶任何先進裝備，如何能夠找到正確的目標？

其實，當初良辰美景就有此一問，烏隊長的回答是：「放心，只要沿著正確方向前進，絕對不會錯過的。因為打從去年底，這座古墓就暴露在黃沙之外，所以才會被衛星偵測到，這正是流動沙漠的特性。」

至於古墓的外觀，烏隊長是這麼說的：「衛星做過詳細測量，外型很接近埃及金字塔，但體積當然小得多。不過，這並沒有什麼神秘的，金字塔的形狀，是最穩定的造型，所以古代建築師，才會人同此心，心同此理。」

不過，等到良辰美景追問，她們找到古墓之後，要如何進入其中，烏隊長則露出尷尬的表情，道：「這個問題，衛星可就無能為力，只好靠你們兩人的聰明才智了。話說回來，這種石造的古墓，入口並不難找，我真正擔心的是……」

如今，良辰美景來到現場，果然證實了烏隊長所言，至少有八成正確性。

乍看之下，這座古墓的外型，的確和埃及金字塔相當類似，底座是正方形，往上逐漸收攏，但是良辰美景來到近前，才發現有許多細微的差異，例如頂端有個平台，不像埃及金字塔是標準的角錐。她們立刻聯想到，中美洲各地的金字塔，反倒和這座古墓更相似些。

然而，最大的差異，還是在於體積，這座石造的古墓，比起埃及著名的大金字塔，可說是標準的小巫見大巫，根據目測的結果，它的邊長和高度，都頂多只有十五公尺。

此時，剛好夕陽西下，良辰美景圍著古墓繞行幾周，心中的異樣感覺越來越甚，不禁胡思亂想，冒出了無數問號。

不管怎麼說，在塔克拉瑪干沙漠中央，竟然聳立著這樣一座古墓，本身就是一件神秘難解的怪事。

而這座古墓，想必在黃沙中埋藏了上千年，最近才奇蹟般重見天日，這究竟是巧合，還是另有深意？

古墓之內，到底葬著什麼人的屍骨？除了屍骨之外，還藏著什麼稀奇古怪的東西？

兩人不知怔了多久，突然同時發出一聲長嘯，展開絕頂輕功，在古墓旁竄上跳下。可是，她們至少忙了半個小時，卻沒有任何收穫！

入口並非很難找，而是根本找不到！

這座由各種形狀的巨石所堆成的古墓，似乎善用了每一塊巨石的重量，以至於所有的石材，彼此互相扣合，嚴絲合縫的程度，連一根髮釵都插不進去。

良辰美景在古墓旁，頹然坐了下來，兩人心意相通，都在思索下一步該怎麼辦！

根據她們對烏隊長的瞭解，她是那種「運籌帷幄，決勝千里」的典型，怎麼會在最關鍵的地方，她的預測和事實，居然差了十萬八千里？

因為，良辰美景記憶猶新，烏隊長曾信心滿滿道：「這種石造的古墓，入口並不難找，我真正擔心的，是你們進出這一趟，難免留下蛛絲馬跡，導致湯達旦起疑。」

當時，良辰美景信誓旦旦，保證進入古墓之後，立即施展踏雪無痕的輕功，絕對不會留下任何足跡，出來的時候，也會設法將所有的機關還原。

可是如今，這些顧慮和保證，全部毫無意義，因為她們根本不得其門而入！

就在暮色四合之際，兩人同時下定決心，也同時開始行動。她們緩步走到一頭駱駝旁邊，良辰蒙住駱駝的眼睛，美景隨即抽出小刀。

那頭為主捐軀的駱駝，讓她倆勉強在古墓旁，逗留了三天三夜，這段時間中，她們幾乎不眠不休，想盡一切辦法，尋找古墓的可能入口。

結果，三天之後，她們又頹然坐倒在地，但不同的是，現在她們更失望、更沮喪、更落魄，而且更為接近死神的懷抱。

她倆心想，這趟任務，無論如何注定失敗了，即使再多待一天半天，也毫無意義，只是無端讓生存機會更加渺茫，如果現在就走，靠著碩果僅存的兩頭駱駝，或許還能爭取到一線生機。至於出了沙漠之後，是否真要提頭去見烏隊長，到時候再說吧！

兩人再度以一致的動作，緩緩走到駱駝旁邊，只不過這一次，誰也沒有抽出小刀。

不料，就在這個時候，變故發生了！

她們先是一個踉蹌，幾乎站不穩腳步，原本還以為是氣力耗盡，但立刻發覺並非那麼回事，而是腳下的沙漠，正在劇烈地變形！

是的，她們兩人心中，同時浮現出「變形」兩字，因為只有這兩個字，勉強能夠形容當時的情況。

事實上，當然是這片沙漠，又開始上演「流動」的拿手好戲，可是，當無數的沙粒，同時猛烈流動之際，置身其中的人，絕對看不到什麼「沙流」，唯一的感覺，就是整個大地正在迅速變形。

面對這種自然界的巨變，她們空有一身武功，也毫無用武之地，即使真有辦法施展輕功逃命，也不清楚哪個方向才是生路。

就在她們不知所措之際，那兩頭駱駝，竟毫不猶豫地拔腿飛奔。下一刻，良辰美景完全基於求生本能，想也不想，緊緊抓住駱駝尾巴，死也不放！

好在這場巨變，來得急也去得快，短短幾分鐘，兩人便明顯感到，沙漠又重新恢復了穩定。

她們掀開面罩，放眼望去，幾乎不敢相信自己的眼睛——那座古墓，雖然仍在她們附近，可是它的體積，竟然縮小了兩三倍。

等到兩人稍微恢復鎮定，才明白了究竟是怎麼回事。原來是大量的沙流，瞬間將古墓掩埋了一大半，以致乍看之下，它就像是無端縮小了。

想到這裡，姐妹倆同時尖叫一聲！

她們終於想通了，想通了為何三天來，怎麼也找不到古墓的入口！因為，既然現在的古墓，看來比三天前小了許多，那麼三天前的古墓，同樣很有可能，已有一部分被埋在黃沙之下。換句話說，除非她們一到此地，就拚命向下挖，否則毫無找到入口的機會。

如今，整個古墓已被埋了十之八九，機會自然更加渺茫，不如趁著尚有一口氣在，趕緊牽著駱駝離去，好歹還有逃出生天的一線希望。

有了這個共識，她倆互望了一眼，彼此堅定地點了點頭。

正當她們準備邁開沉重的步伐，古墓頂上，突然傳來一聲巨響，隨即竄出一個人影！

*　　*　　*

亮聲吸了一口氣：「問題是那些寶物，來源十分神秘，他絕對不透露，有人懷疑是偷來的，可是那些東西卻又全是早已只有在歷史記載上存在，而實際上完全早就不知下落，也不知道他從什麼地方弄來的。」

我感到十分疑惑，最近我少在江湖上走動，什麼時候出了這樣神通廣大的一個人物，我完全沒有聽說過。

而根據亮聲的說法，我隱隱約約想到了一些，卻又無法具體化。我問道：「你是不是可以舉兩件具體的例子，來說明他出售的是什麼東西？」

亮聲道：「你是中國人，或者瞭解這件文物的重要和寶貴，我卻不甚了了，那是一件中國書法作品，作者是一位王先生，寫的是有關在蘭花亭子的聚會——」

他的話還沒有說完，我就叫了起來：「你見鬼了！」

——摘自《解開密碼》

II / 3

貳之三

土星

我就開始尋訪羅開——要找這位仁兄的困難程度，大概僅次於把原振俠醫生從不知道哪一個空間找回來。一點也不誇張，前後足足三年，羅開才出現在我的面前。

——摘自《偷天換日》

我曾不只一次提到，溫寶裕和我認識已經超過二十年，當他第一次出現在我面前，還只是個十二三歲的少年。

我對於那一天，印象十分深刻，甚至曾在札記中，記下了當天的年月日。

不過我這樣做，並非由於溫寶裕的關係，因為當時，我無論如何想不到，這個和我非親非故的莽撞少年，會在我日後的經歷中，扮演那麼重要的角色。

我之所以慎重記下這個日期，是因為這一天，也是我和亞洲之鷹羅開，首次見面的日子——事實上，還是在同一個聚會場合，這就代表，小寶當天也見到了這位傳奇人物。

這到底是不是巧合，我自己也說不上來，或許又該歸諸於同步律吧。

其後十幾二十年間，我和羅開見面的次數屈指可數，相較之下，小寶和羅開的接觸，反倒比較密切和頻繁。（當然，再怎麼也比不上和我的接觸，來得那麼頻「煩」。）

因此有不少關於羅開的事蹟，我都是透過小寶的轉述，才間接獲悉的，例如羅開曾經見過「最醜怪的外星人」，就是一個典型的例子。

由此可知，溫寶裕對於羅開的生平事蹟，同樣知之甚詳，甚至連羅開做過幾次太空飛行，都數得一清二楚。至於他有沒有條列過「羅開未解之謎」，我就不太清楚了。

所以，當小寶動起上太空的念頭，他第一時間，便想到了羅開的月球之旅——用最簡單的方式來說，羅開曾經駕駛小型飛船，前往月球背面，取得了所謂的「天神之盒」。

那艘小型飛船，當然大有來頭，絕非當時的地球科技，所能製造出來的。

溫寶裕自然沒有忘記，提供飛船給羅開的是誰——

他就是我們大家的老朋友，康維十七世。

但在這套回憶錄中，我已陸續對康維這位「歸化地球的外星機器人」，做過不少介紹，在此就不再贅言。

所以接下來，還是再回到溫寶裕身上，比方說，他怎麼會動起上太空的念頭？

如果大家複習一下貳之二章，答案其實很明顯，小寶是被我激的。話說回來，當時我只是脫口而出，做夢也想不到，小寶竟會把這句話當真！

因此，二〇〇五年仲夏，當他和藍絲來辭行的時候，我還以為是由於藍絲的「婚假」已滿，必須返回中南半島，繼續扮演降頭女王的角色，小寶不捨和愛妻分離，決心為愛走天涯。

結果溫寶裕一開口，我就知道自己料錯了。他道：「送藍絲到泰國後，我就直飛歐洲，前往位於希臘的柳絮古堡。」

我立刻反應過來：「你要去找康維？」因為所謂的柳絮古堡，正是康維和柳絮這對恩愛夫妻的愛巢，記得我曾打趣道，康維歸化地球後，也難免學會了地球人的肉麻。

溫寶裕點了點頭，我自然而然又問：「是去敘舊，還是有什麼事？」

小寶毫不猶豫地答道：「後者，而且至少得去一年半載——」說著，他含情脈脈地望了藍絲一眼。

從藍絲的眼神中，不難看出小倆口已經討論過這件事，而且似乎已有重大決定。但這回不待我發問，小寶逕自宣佈答案：「因為康維已經答應，將我送到土星去！」

當下我有什麼反應，大家不妨自行想像，在此我只想打個比方，我認識小寶這麼多年，將他所有的驚人之語加起來，恐怕也比不上這句話的震撼力。

後來我才知道，自從小寶有了這個念頭之後，就一直在積極進行。他先將各種可能的管道，列出一張詳細清單，可是不到十天，就淘汰了十之八九，最後只剩下康維，成了唯一的希望。

偏偏一時之間，他怎麼也聯絡不上康維和柳絮，急得他天天寢食難安。所以不妨先來看看，他已經淘汰了哪些管道。

首先遭到淘汰的就是「戈壁沙漠團隊」，因為這兩位科技怪傑，明明白白告訴溫寶裕，他們雖然忝為天工第一級，但是無論如何，無法憑兩人之力，替小寶造一艘飛往土星的載人太空船——他們不忘提到，正是因為如此，當年才會想出搭「卡西尼號」便車，探測土衛六的主意。

經過戈壁沙漠這一提醒，溫寶裕立刻設法和雲四風通上電話，但雲四風客客氣氣向他解釋，雲氏工業在太空科技方面，一向和歐洲太空總署合作，並沒有獨力發射火箭的能力。

接下來，小寶並未真正進行聯絡，就直接從清單中，劃掉了「歐洲太空總署」和「美國航太總署」這兩個機構。因為他冷靜地想了想，成功的機會並非接近零，而是絕對等於零。

不過，另外一個類似的管道——俄羅斯航天局——小寶倒是抱了一絲希望。因為他很清楚，這個機構早已大走資本主義路線，成了全球富翁上太空的捷徑。

為了慎重起見，小寶並未自己出面聯絡，而是煞有介事，透過陶氏基金會，提出一項土星之旅計畫，請俄羅斯航天局評估費用。沒想到，對方效率居然奇高無比，短短一星期，報價單就送來了。可是我們的溫主席效率更高，僅僅花了一秒鐘，就在「俄羅斯航天局」幾個字上面，用紅筆畫了一個大叉叉。

這樣說吧，如果當初溫寶裕真的募到了天算獎的獎金，應該就能委託俄羅斯航天局，替他趕工建造一艘土星太空船。

真是無巧不成書，正當小寶準備捶胸頓足一番，突然聽到電腦發出「嗶」的一聲，隨即在螢幕上，見到了康維十七世。

康維一副喜上眉梢的模樣，劈頭就道：「小寶，恭喜我吧，我當爸爸了！」

溫寶裕驚訝之餘，用母語說了一句「有沒有搞錯」，康維當然聽懂了，興奮地道：「絕對沒搞錯，科技無異於魔法，機器人也能當爸爸！柳絮昨天產下一名女嬰，一看就知道，是我們兩人的愛情結晶！」

結果，溫寶裕還來不及開口求康維任何事，先當了半個鐘頭的忠實聽眾，聽康維詳細解釋如何當上了爸爸。

這個插曲雖然有趣之極，但因為和本章並沒有直接關係，所以我打算長話短說，交代過去就算。

本來，按常理推斷，康維當爸爸這回事，並不難解釋，例如他和柳絮收養了一名嬰兒，或是柳絮利用人工受精而懷孕，都能解釋得通。

可是，偏偏康維特別強調，那名女嬰，同時擁有他們夫妻倆的「遺傳特徵」，這到底是怎麼回事呢？

其實很簡單，只要用兩個專門名詞「孤雌生殖術」和「基因編輯術」，就能組成完整的答案。前者令卵子不必受精就能直接分裂，只不過這樣產下的女嬰，和柳絮的複製人無異，因此還需要加上後者，才能讓她顯現若干「康維的遺傳特徵」。

最後我想強調一點，千萬別以為這個手術，是勒曼醫院替康維夫婦做的（事實上，康維幾乎不跟勒曼醫院打交道）。請大家這樣想，既然厲大猷在一九三〇年代，就能製造人獸混種胚胎，張博士在一九六〇年代，就能做出試管嬰兒，那麼二十一世紀初，地球科學家自己完成這項創舉，也是理所當然的事。

（沒錯，康維並非全能的機器人，自然也有有求於地球人的時候。）

（至於他是如何找到那位科學奇才，則是另一個故事了。）

言歸正傳，等到康維終於分享完初為人父的喜悅，溫寶裕才有機會，詳述想要前往土星的心願。

不料，一向樂於助人的康維，聽完之後竟大搖其頭：「小寶，真的沒有這個必要！」

溫寶裕自然追問此話怎講，康維解釋道：「因為土星環，可說是銀河系獨一無二的奇景，就像地球上的萬里長城一樣，只此一家別無分號。所以凡是來到太陽系的外星人，都曾經對土星環，做過詳細的觀測和研究。」

小寶一副不敢相信的神情：「真的嗎？」

康維用力點了點頭：「當然是真的。銀河系有上千億顆恆星，我的記憶庫至少涵蓋了十分之一，在這些恆星附近，雖然不乏行星環繞，可是無論多大的行星，周圍的行星環也毫不起眼，頂多像太陽系的木星環一般。」

小寶瞪大眼睛：「為什麼呢？」

康維這回卻搖了搖頭：「沒有人知道為什麼，因此我只能說，宇宙間充滿了巧合，這不過是另一個例子罷了。然而無論如何，星際間早有公論，土星環雖然壯麗無比，但談不上什麼超自然的神秘，更不是一大堆人工天體的組合。」

溫寶裕大吃一驚，怪叫道：「你的意思是，衛斯理記述在《環》中那樁經歷，完全子虛烏有？」

康維摸了摸絡腮鬍，朗聲答道：「抱歉，我從不看小說，所以對於衛斯理的早期經歷，並不像你那麼熟悉，不過沒關係，我可以破一次例——」他眼中閃出異樣的光芒，不到三秒鐘，又開口道：「我明白了！嗯，只怕我不得不同意，衛斯理這回，真的被人耍了。」

溫寶裕驚呼：「莫非你也認為，這樁經歷，只是攝影棚裡演的一場戲？」

康維神情相當嚴肅：「也有可能如衛斯理的老同學所說，只是電腦模擬的虛擬現實，因為《環》中的記述，和真正的土星環，出入實在太大了。事實上，即使根據地球人對土星環的瞭解，也不難發現，這本書的確漏洞百出。」

溫寶裕沉重地點了點頭：「這點我當然瞭解，最近我上網查了很多資料，簡直已經成了土星環專家。不過——」他頓了頓，以稍嫌心虛的口吻道：「如果將藝術加工的部分通通還原，應該還是有希望的。」

接下來，溫寶裕便將「藝術加工」這四個字的意思，仔細解釋了一番，聽得康維嘖嘖稱奇，道：「怪不得你們常說，盡信書不如無書！對了，不知我和柳絮，被衛斯理加工成什麼樣子——不，算我沒問，你還是別講的好。」

小寶卻拍胸脯保證，道：「放心，你和柳絮在衛斯理筆下，至少有百分之九十九的真實度。」

康維自然不會追問另外百分之一是什麼，於是小寶拉回正題：「比方說，《環》這本書雖然寫道，整個土星環都是人造的，所以才會那麼壯觀……」

康維面色凝重地搖了搖頭：「這點就絕對違背科學事實，你既然下過工夫研究，一定知道土星環的組成成分，和彗星十分類似，絕非人造的物體。」

可是出乎康維意料之外，小寶非但沒被駁倒，反而更加振振有詞：「據我所知，人造的和天然的，有時並非那麼涇渭分明——」說到這裡，他偷偷瞄了康維一眼，看到這個機器人露出不解的表情，決定故意吊吊他胃口，頑皮地眨了一會兒眼睛，才繼續道：「比方說，大金字塔旁邊的獅身人面像，就是最好的例子。」

康維即時調閱腦中的資料，豁然開朗道：「有道理，根據最新的考古發現，獅身人面像的前身，是一塊風化的巨石，只有一點點像現在的樣子，後來經過人為加工，才成為這樣一座巨型雕像。」

溫寶裕立刻借題發揮：「所以我認為，土星環極有可能也是類似的情形，否則很難解釋它為何那麼壯麗，又為何那麼整齊規律。NASA網站上那些照片，讓我忍不住聯想到光碟的紋路！」

康維吁了一口氣：「人人都說你想像力豐富之極，今天我算是領教了。不過你所說的規律，仍有可能是天然形成的，根據自組織理論……」

小寶卻得理不饒人，打岔道：「你這樣說，就代表你也同意，至少有兩種可能？」

康維非常勉強地點了點頭，小寶乘勝追擊：「請問，不管是地球人還是外星人，或是外星機器人，有沒有誰曾將土星環內，每一顆『彗星』都數過一遍？」

康維搖了搖頭（這回一點也不勉強），小寶立刻打蛇隨棍上：「如果我說，可能有一些太空站，藏在土星環之中，你能不能證明我是錯的？」

一時之間，康維不知該點頭還是搖頭，正在猶豫之際，只聽小寶又道：「不必為難了，只要你肯幫我，我一定自己負責，證明自己的說法是對的！」

事後康維回憶道，那天他和小寶的一番對話，讓他終於瞭解人類所謂的鬼迷心竅，到底是怎麼一回事。他甚至曾經懷疑，自己的邏輯迴路是否出現了漏洞，才會讓小寶逮到機會乘虛而入。

總之，在邏輯實證的大帽子之下，他不得不當場答應，協助溫寶裕進行一趟土星之旅，好讓他親自證明自己是對的。

兩個多月後，康維通知小寶，遠征土星的太空船已經造好，溫寶裕立刻歡天喜地收拾行囊，整裝待發！

老朋友或許會說，慢著，請問溫媽媽會同意嗎？答案很簡單，溫寶裕結婚後，總算爭取到了完全的獨立自主。

這就代表，從此以後，溫寶裕出遠門，再也不必事先報備了（也就是不必「編個完美謊言」的意思），這對小寶而言，簡直如釋重負。

然而，說來相當諷刺，許多年來，無論小寶要上山下海，我都全力支持，有時還必須替他圓謊，並招架溫媽媽的興師問罪，可是這一次，溫媽媽沒機會表示反對，我反倒在心理上，扮演起溫媽媽的角色。

且說當天，我一聽到溫寶裕宣佈這個驚人消息，內心就期期以為不可，但是，我卻絲毫不動聲色，因為我自認要比溫媽媽更瞭解她的寶貝兒子，小寶一旦下定決心，誰也勸阻不了，更何況藍絲已經表示無條件支持。

等到小寶和藍絲離去後，我第一時間聯絡康維，好在很快就找到他了。

出現在電腦螢幕上的康維，抱著一個粉雕玉琢的女嬰，一副有女萬事足的表情，道：

「衛，你仔細看看，這孩子是不是集父母優點於一身？」

我不忍也不敢掃他的興，只好陪他聊了一段爸爸經，十幾分鐘後，我才進入正題：

「小寶說，你已經答應他，要送他去土星？」

康維點了點頭：「可以這麼說。」

我立刻將所有的顧慮，一股腦兒全說了出來！只要康維接受我的看法，溫寶裕的土星行，自然成為夢幻泡影，這一招，正是三十六計中的釜底抽薪。

記得當天，我至少列舉了四大理由：一、星際飛行充滿不可測的危險，而且飛得越遠，危險就越高，即使再完美的太空船，也難保萬無一失。二、溫寶裕雖然身強體壯，但無論如何比不上羅開，更未受過太空人的嚴格訓練。三、土星附近的星空，很可能還有尚未絕跡的無形飛魔出沒。四、最重要的是，住在土星環的那些上一代地球人，態度敵友難分，萬一小寶真的找到他們，後果難以逆料。

可惡的康維，竟對我的顧慮完全不予回應，反倒乘機向我逼問：「小寶認為，在那本書裡，有關土星環的記述，你做了不少藝術加工，可是從來不肯承認，這究竟是怎麼回事？」

我沒好氣地道：「我不懂你在說什麼，更不懂為何有那麼多人，一再質疑《環》這本書的真實性。」

康維露出不解的表情：「可是為何它和天文學事實，有那麼大的出入？」

我雙手一攤：「那些上一代人怎麼告訴我，我就怎麼寫，至於有沒有牴觸天文學，只有天知道！」

康維擠出一個笑容：「既然如此，你更應該支持小寶的做法，讓他以實際行動，來檢驗真理。」

我氣急敗壞：「但是這個實際行動，很可能害他送命！」

康維仍舊心平氣和：「衛斯理，你的冒險犯難精神，到哪裡去了？」

我未經大腦，便脫口而出：「自從原振俠出了事，我的冒險犯難精神，從此僅限於大氣層之內！」

聽我這麼說，康維臉一沉，默然不語了好一陣子。我這才猛然記起，在康維內心深處，一直將這件意外，視為自己的道義責任。

因為，原振俠當初，也是在康維鼎力協助下，才有機會飛往新愛神星，尋找他的第三位女友瑪仙，不料竟在回程出了意外，從此困在虛無縹緲的多向時空之中。

後來，瑪仙回到了地球，眾親友還在柳絮古堡，替原振俠辦了一場「追思會」。

想到這裡，我覺得很過意不去，主動表示歉意：「我並不是那個意思，當年你仗義相助原振俠，完全出於一片好心，後來的意外，誰也料想不到，絕對不是你的責任！」

康維露出一絲感激的神色，道：「老實說，十多年來，我一直拿原振俠這件事，引以為戒……」

聽到這句話，我不禁又無名火起，抱怨道：「既然這樣，你為何還要答應小寶？難道你的電子腦退化了，只知盲目服從命令？」

康維並未生氣，只是好像突然老了幾十歲，吃力地解釋道：「我原本想方設法，希望他打消這個念頭，沒想到他幾句話，就令我啞口無言，好像我如果不幫這個忙，就成了阻礙地球科學進步的千古罪人。」

我哼了一聲：「你又何必跟他認真？小寶本就伶牙俐齒，最近經過高人指點，自然更上一層樓！」

康維終於有點不耐煩：「衛斯理，你聽我說下去，好不好？」

我做了一個請說的手勢，康維道：「其實當天，我也耍了個滑頭，只答應協助他，並沒有提到具體做法。」

我心中暗叫一聲好，忙問：「你想到了什麼替代方案？」

康維卻臉一垮，歉然道：「你別高興得太早，兩天之後，這個替代方案，就被小寶打了回票。直到那個時候，我才終於明白，如果不真的送他到土星，我一生一世都不得安寧。」

原來，康維最初的構想，是要讓溫寶裕以虛擬旅行的方式，前往土星環。

不過，康維所謂的虛擬旅行，當然不是電腦模擬的太空探險遊戲，而是由一個機器人替身，代替小寶駕駛太空船，飛到土星附近的星空。至於小寶本人，只需要待在柳絮古堡的控制室，就能全程掌控機器人的一切行動。

為了向小寶推銷這個替代方案，康維特地想了好多「廣告詞」，比方說，他分析了地球人過去半世紀來，在太空探險上的各項成就，然後下了一個驚人的結論：所有的太空人，其實都是多餘的，換句話說，不論美國也好俄國也罷，所有的載人飛行任務，實際上都能用無人太空船或機器人取而代之，而且效果只有更好。

原因很簡單，機器人不需要呼吸，不需要吃喝，當然更不需要排泄，此外，機器人對於各種惡劣環境的忍受能力——從溫度、加速度到放射線——至少是人類的十倍，這些都能大大簡化太空船的設計。

最重要的則是人命無價，機器人卻死不足惜。為了強調這個觀點，康維將人類歷史上的「太空烈士」，列出一張完整清單，從「阿波羅一號」的三位太空人，到「哥倫比亞號」的最後七位成員，總人數逼近五十大關，也就是說，自從人類開始探測太空，平均每年至少產生一名烈士。

總而言之，康維對溫寶裕既動之以情，又說之以理，希望他能回心轉意，接受這個替代方案。

可是康維做夢也想不到，小寶對於這些說詞，全部無動於衷，而且三言兩語，就將之全盤否定。

小寶首先強調，他去土星的目的，是要尋找不容置疑的鐵證，因此絕對不能假手機器人，然後，他舉了一個例子，支持自己的論點：「直到目前為止，仍有很多人懷疑，阿姆斯壯踏上月球，是在攝影棚內拍攝的。如果我們派機器人代勞，即使真的有所斬獲，徐月淨那種人也一定會說，一切只不過是電腦動畫罷了。」

康維立刻以子之矛攻子之盾，道：「既然這樣，就算你親自出馬，又如何能具有說服力？」

溫寶裕毫不猶豫解釋道：「美國的登月計畫，當年為了保密防諜，公佈的畫面都是片片段段、藏頭藏尾，自然啟人疑竇。我這次的土星之旅，則要記錄最完整的飛行過程，公佈的時候，也絕對不做任何剪接！」

於是，康維只好死心塌地，替溫寶裕籌劃這趟星際旅行。他花了兩個多月時間，終於造好一艘遠航太空船，基於安全考量，他特別將太空船的速度，定在最保險的範圍內，據說溫寶裕還大表不滿，因為光是單趟，就要大半年的時間，他抱怨不知該如何打發。

我聽康維說到這裡，心知木已成舟，小寶這趟土星行，看來是去定了！

可是，我仍然放心不下，開始追問那艘太空船的性能，以及各種安全措施。

康維耐著性子解釋了半天，最後耐性還是用完了，道：「我已經竭盡所能，將這趟太空飛行的風險降到最低，如果你還是擔心，那我也沒轍了。」

就在這個時候，突然冒出另一個聲音：「大鬍子，既然你沒轍了，換我來跟衛斯理說吧。」

康維猛然轉過頭去，立時又驚又喜：「是你！」

那個雄渾有力的聲音答道：「沒錯，正是我。」下一秒鐘，康維身邊，出現了一個久違的臉孔，對著鏡頭道：「衛斯理，我陪小寶一起去，你總該放心了吧！」

III / ③

叁之三

南極

在雲氏工業總裁雲四風的辦公室，有一幅巨大的隱藏式熒光屏，一旦開啟，上面就會映出世界地圖，以及四五個明顯的亮點。

這幾個亮點，代表幾種「交通工具」目前的位置。

我對雲氏工業旗下這些超越時代的交通工具，大多並不陌生，因為在我的冒險生涯中，曾經不只一次向他們借用。

例如，其中有一架名副其實的小飛機，大小和一輛雙門小汽車相若，外型圓圓滾滾，只有在高速飛行時，才會橫伸出機翼（慢速時，則可使用收放自如的直升翼）。

想當年，我正是駕駛這架蛋形小飛機，一路飛到阿富汗境內的馬柴峰，第一次見到了天丁大王。

幾年後，我為了調查長老等七種外星人，當年改造地球的秘密，又向雲氏工業借了一艘深海探測潛艇，前往黑海一處海底岩洞，造訪在那裡「隱居」的老友——曾任蘇聯黑海艦隊導彈司令的巴曼少將。

不過，雖然那架微型飛機，以及那艘深海潛艇，都堪稱尖端科技的極致表現，可是它們的用途，仍有相當的局限性——一個只能上天，另一個只能下海。

相較之下，雲氏工業早年傾全力打造的「兄弟姐妹號」，稱為萬能交通工具，絕對當之無愧。

這艘全長只有三十公尺的「船隻」，從外型看來，和普通的遊艇沒什麼兩樣，可是性能之超卓，卻是舉世無雙，它能在水上起飛，又能潛下三百公尺的深海，甚至緊急時，可以從海底直接升空，有點類似神話中的產物。

怪不得，早在三十年前，它就享有「天下第一奇船」的美譽。

值得一提的是，「兄弟姐妹號」雖然是雲氏工業的產品，但它的設計者，以及主要使用者，除了以雲四風為首的雲氏兄弟，還包括了木蘭花姐妹三人。因此，將之命名為「兄弟姐妹號」，自然名副其實，再恰當不過了。

記得許多年前，我也有幸借得「兄弟姐妹號」一用，對它的先進科技和精湛性能，留下深刻印象。如今回顧，當年如果未能借到這艘奇船，那麼《真相》這個故事，很可能會整個改寫。

在我的印象中，當年向雲氏兄弟開口，索借「兄弟姐妹號」，他們幾乎是一口答應的，然而後來我才聽說，在此之前，這艘船從來沒有外借的紀錄，換句話說，雲氏兄弟對我大大破了一個例。

如今，雲四風心想，該是再度破例的時候了。

因為這一回，向他當面提出這個要求的人，是在他心目中，有著至高無上地位的天工大王。

於是，當下雲四風毫不猶豫，一口答應下來。雖然他明知，要正式出借這艘船，必須董事會批准，但他寧願事後向董事會據理力爭，甚至低頭認錯，也絕不願在天工大王面前，表現出絲毫遲疑。

聽到雲四風的承諾，天工大王露出如釋重負的表情，但轉瞬之間，又恢復了先前的瀟灑和豪邁，他拱了拱手，朗聲道：「那就一言為定，十個半月後，請將『兄弟姐妹號』備妥，借我全權使用三個月。」旋即告辭離去。

穆秀珍忍不住埋怨了一句：「他走得也太匆忙了，我還有話要問呢！」

雲四風輕易猜中了妻子的心事，道：「你是不是想問他，為何將近一年之後，才要使用『兄弟姐妹號』？」

穆秀珍點了點頭，雲四風又道：「其實，從剛才的對答中，不難猜出，他是趕去張羅其他設備去了。」

穆秀珍做了個鬼臉：「你的意思是，他借用『兄弟姐妹號』，竟是所有行動的第一步？」

雲四風語氣十分肯定：「對，想必我們這艘船，在天工大王計畫中，扮演無可取代的角色，所以他出關後，哪裡都不去，第一時間先來找我們。」

雲四風的猜測，可說完全正確，在天工大王的地球降溫計畫中，「兄弟姐妹號」的確扮演無可取代的角色。

因此，他必須先取得雲四風的首肯，才能進行第二步計畫。

第二步計畫，也正如雲四風所說，是要張羅這次行動所需的其他設備。因為，即使「兄弟姐妹號」再神勇再先進，充其量也只是交通工具罷了。

要執行這個偉大的降溫計畫，在交通工具上，還必須裝配一套特殊的設備。

之前已經提到，天工大王替地球降溫的辦法，簡言之，就是要刺激溫鹽環流上的穴道，以便引發良性循環的連鎖反應。

話說回來，所謂的刺激穴道，只是一種比喻而已，因此真正的做法，當然不可能是針灸、指壓或拔罐。

（這正是我經常強調的一個概念：既然只是比喻，就不能無限上綱。所以請各位親愛的讀者，千萬別在我所做的無數比喻中，雞蛋裡挑骨頭。）

但在介紹真正的做法之前，或許還需要對背後的理論基礎，再做一點補充。

天工大王在拜會雲四風之際，已經解釋過，他打算藉由刺激南極那兩個穴道，稍微減緩溫鹽環流的流勢。至於具體做法，雖然當天未曾詳加討論，可是憑雲四風的聰明才智，當場就猜到七八成，所以他才會擔心，可能引發蝴蝶效應，將地球帶回冰河時期。

然而，雲四風腦筋動得實在太快，一般人很難跟得上他的邏輯推理，所以我打算在這裡，利用條列的方式，仔細分析一下，他心中的推理過程。

一、那兩個穴道，是南極海水替溫鹽環流補充「生力軍」的地方。

二、只要設法減少生力軍的生成，溫鹽環流的流勢，必定就會減緩。

三、減少生力軍的方式，在於減少「深對流」的作用。

四、所謂的深對流，就是鹽分變濃的海水，下沉到深海裡。

五、南極的深對流，並不是由於海水蒸發，而是海水結冰所導致的。

六、所以，只要降低南極海水結冰的速度或規模，就能有效減少深對流，這樣一來，便能立竿見影，減緩溫鹽環流的流勢。

經由這些環環相扣的推理，答案變得顯而易見，天工大王所謂的刺激穴道，就是要阻擾深對流點的結冰過程！

而這就代表，等到一切準備妥當，「兄弟姐妹號」將載著特殊設備，前往南極海域，執行這項特殊任務。

接下來的問題是，要執行這個幾乎不可能的任務，究竟需要什麼樣的設備？

在討論這個問題之前，讓我們先聽聽戈壁沙漠事後的說法：「我們拿到了那兩張設計圖，就一面趕工，一面揣摩它到底有什麼用途，最後得到的結論，是天工大王要製作一具威力強大的聲波武器！」

當時，聽他們這麼講，我忍不住嚴詞批判：「如果他真的要製造毀滅性武器，你們兩人替他代工，豈不是助紂為虐？」

戈壁沙漠卻振振有詞地回嘴：「誰叫他是天工大王，我們低他一級，只有乖乖聽命的份。難道你要讓兵工廠每一名技工，都對戰爭的殺戮負責任嗎？」

從上面這段對話中，想必大家對這件事的來龍去脈，已經猜到了十之八九。

沒錯，天工大王之所以有把握，自行張羅所需的設備，正是因為他所擁有的頭銜，能夠號令全天下的藝匠。

因此，在確定雲氏工業願意出借「兄弟姐妹號」之後，他立刻根據這艘奇船的規格，開始研發裝置其上的「聲波武器」。

可想而知，所謂的研發，仍舊完全在天工大王的大腦中進行。

不過，他所要研發的設備，當然不是真正的聲波武器，而是一具功率極高的超音波發射器，也就是說，他打算利用超頻震盪的機制，干擾南極海水的結冰過程。

這個機制的原理相當簡單，困難在於如何產生足夠的功率，以便有效範圍能夠涵蓋極大的水域。

而必須借用「兄弟姐妹號」當載具，也正是這個原因。如果使用一般的船艦，那麼超音波一旦啟動，要不了一小時，必定難逃解體的命運——即使是航空母艦，也絕無例外。

天工大王完成初步設計後，又花了將近一個月的時間，在腦海中反覆測試，終於將這具強力無比的超音波發射器，修改得完美無缺。

接下來的工作，自然是將完整的設計圖，平均分成十二份，交給全球十二位天工第一級巧匠，分頭趕工製造。

這十二位巧匠的功力，以戈壁沙漠為首，因此，他們兩人分配到的工作，是聯手製作整個設備的核心部件。

為了表示對他倆的重視，天工大王特別親自跑了一趟，將兩張設計圖，親手交給他們。兩人感激涕零之餘，信誓旦旦地表示，一定將這項工作，列為第一優先，可以不吃飯，不睡覺，也絕不能令進度有絲毫落後。

即便如此，他們也並未超前進度，還是花了大半年，才終於完成這個核心部件。與此同時，其他十位「天工第一級」也陸續完成了各自負責的部分。

這時，距離天工大王上次造訪雲四風，剛好過了十個半月。

對天工大王而言，這就好像辛勤播種的農夫，終於等到了收割的季節。他登上「兄弟姐妹號」，前往世界各地，逐一接收十二位巧匠所製作的部件。

在這趟為期三天的環球旅程中，天工大王對天下第一奇船的表現，給了至高無上的評價；對於「兄弟姐妹號」的船長，也同樣讚譽有加。

這位船長不是別人，正是雲氏兄弟的老么雲五風。

雲家原本共有五位兄弟（從一風到五風），但老大和老三，早在多年前便意外身亡，雲二風則已經年逾古稀，早已處於半退休狀態，所以這些年，雲氏工業的重擔，都落在年輕許多的四風和五風身上。

好在，雲五風自小受到四哥薰陶，對於尖端科技，有著無比的狂熱，多年來，在家族事業上，他一直扮演雲四風的左右手。

如今，這位雲氏工業的副總裁，竟然放下手邊繁重的工作，親自擔任「兄弟姐妹號」的船長，當然是衝著天工大王而來。

事實上，雲四風要不是真走不開，也一定會親自陪同天工大王，進行這項偉大無比的計畫。

等到天工大王從世界各地，將超音波發射器的部件收齊，「兄弟姐妹號」便一飛沖天，直奔南極。

他們的目的地，是西經四十五度附近的威德爾海。在地圖上看來，這個幾乎終年冰封的「海」，是南極大陸最明顯的一個海灣。

嚴格說來，南極大陸共有兩個巨型海灣，另一個是和威德爾海遙遙相對的羅斯海，兩者幾乎剛好相差一百八十度。

根據天工大王的地球經脈理論，威德爾海和羅斯海，正是溫鹽環流上，絕無僅有的兩個安全穴道。只不過，天工大王早已打定主意，對羅斯海敬而遠之，這就等於，威德爾海成了他的唯一選擇。

最主要的原因，是由於近年來，全球暖化越來越嚴重，已經陸續有好些巨冰，脫離了南極大陸，漂浮在南冰洋上，其中最有名的，就是從羅斯冰棚斷裂的一座冰山，面積超過一萬平方公里，堪稱有史以來最大的海中漂浮物！

換句話說，雖然羅斯海是安全無虞的穴道，旁邊的羅斯冰棚卻已岌岌可危，天工大王當然不會冒這個險。至於威德爾海，附近雖然也有類似的冰棚，相對來說卻要穩定得多。

接下來的工作，自然是將那十二個部件，組裝成一具完整的超音波發射器。

然而，千萬不要小看組裝的工作，凡是有經驗的工程師都知道，即使各個部件毫無瑕疵，組成一體之後，仍有可能出現各種意想不到的問題。

因此，即使是藝高人膽大的天工大王，也不敢掉以輕心。他原本打算，至少要花十天半個月，才能完成艱難的組裝，以及繁重的測試和微調工作（這種測試，當然不能在大腦中進行）。

就在這個時候，雲五風突然跳出來，表示志願充當助手，結果五天後，發射器不但組裝完畢，而且已經做過一輪完整的測試。

此時，天工大王對於這個後生晚輩，更是刮目相看，心中已有收他為徒的意思，只是尚未明說而已。

至於雲五風後來，到底有沒有繼承天工大王衣缽，並不是本章的重點，所以還是趕緊言歸正傳。

前面曾經提到，天工大王所做的工藝設計，之所以總是十全十美，是因為他早已在大腦中，反覆模擬無數遍，將所有可能的變數，通通考慮在內。

在這些變數中，當然包括時間因素在內，而這就代表，天工大王對於時間的掌握，也永遠分秒不差。

因此可想而知，「兄弟姐妹號」抵達南極的時間，事先經過了精密的計算。

此時正值南半球的盛夏，也就是南冰洋表面，浮冰最少的季節。

根據天工大王的計算，只要從現在起，持續五十幾天，干擾威德爾海的結冰過程，那麼溫鹽環流的流勢，就會產生恰到好處的變化，足以導致全球降溫的良性循環。

早在整整一年前，天工大王已將啟動發射器的日子，定在二〇〇七年二月一日。

雖然由於雲五風相助，發射器提早好幾天組裝完成，可是，因為這個計畫的精密程度，不輸給任何太空任務，所以縱然進度提前，絕不代表可以提早啟動發射器。

於是，在雲五風的建議下，他們駕駛「兄弟姐妹號」，沿著南極大陸繞行一周，分別從海上、空中和海底，對南極地區做了一次立體的勘查。

雖說在天工大王腦海中，儲存著無數的南極圖文資料，可是實際上，這還是他有生以來，第一次親身來到南極。他將親眼目睹的真實景象，和腦海中的資料互相對照，發覺變化之大，令他簡直難以置信。

總之，這是一趟令人心情沉重的旅程，舉例而言，在天工大王印象中，南極的冰川，應是地球上數一數二的壯闊景色，可是如今，許多冰川都有明顯的消融跡象，幾乎可用百孔千瘡來形容！

一個星期之後，他們回到了原地，準備依照時間表，邁出拯救地球的第一步。

不料，在那個大日子的前夕，天工大王竟然輾轉難眠！

到了子夜時分，他索性從床上跳起來，穿上厚重的禦寒衣，來到甲板上。

零下十幾度的空氣，令他精神為之一振，內心也登時一片澄澈！

雖然所有的準備，都已經做到萬無一失的地步，但他心裡很清楚，自己在潛意識中，仍舊擔心可能發生意想不到的變故。他不自覺地聯想到，中國人所說的「不怕一萬，只怕萬一」，想必就是描述這種心境。

大工大王從小到大，無論做任何事，一向信心十足，即使面對天大的挑戰，也從來沒有失眠過。

就連半個世紀前，他給上一任天工大王下了戰帖之後，每天仍舊安吃安睡，最後果然有如探囊取物，輕鬆奪回了這個榮銜。

可是這一次，情況則完全不同！天工大王心知肚明，這次行動的成敗，牽涉到的不只個人榮辱，還有整個地球的命運。

如果他成功了，結果當然是全球暖化現象，從此成為歷史名詞，或者應該說，即使若千年後，地球溫度再次升高，後人也不難依樣畫葫蘆，利用他所發明的方法，輕而易舉替地球降溫。

然而，萬一——萬一失敗了——

可能性之一，就是白忙一場，到頭來什麼效果也沒有，地球繼續逐漸增溫，終至成為不適合人類居住的星球。不過話說回來，這還算是最好的情況，唯一的損失，就是他一世英名付諸流水，再也無顏保有「天工大王」頭銜。

至於最壞的情況，則是不幸被雲四風言中，一切弄巧反拙，害得地球提早進入另一個冰河期。萬一真的爆發這種大難，他就萬死也難以贖罪了！

忽然間，天工大王心中，出現了兩個不同的聲音：

——這個大膽計畫，會不會過於草率，是不是應該再深思熟慮一番？

——不，此時此刻，已經箭在弦上，不得不發了！

——但距離啟動發射器，還有好幾小時，再做一次模擬，絕對還來得及……

天工大王經過一番內心掙扎，終於開始驅動大腦，模擬明天超音波發射器啟動的情境。轉瞬之間，眼前的景色，便從陽光曦微的永晝夜晚，切換成了真正的白晝。

但奇怪的是，雖然那具超音波發射器，已經豎立在「兄弟姐妹號」甲板上，怎麼不見任何一名船員？

天工大王趕緊集中思緒，不料仍無法從腦海中，喚出任何船員，正在百思不解之際，面前突然出現了一個陌生人。

那是個身形高大的男子，年紀相當輕，而且面貌俊美異常，不過這些並不是重點，真正令天工大王驚訝的，是他只穿著一套輕便的運動服，絲毫不畏懼刺骨的寒風，以及零下幾度的低溫。

更奇怪的是，在南極的酷寒環境中，人的皮膚暴露在外的部分，難免都會覆蓋一層薄霜，但此人的臉孔，卻像是沐浴在艷陽般紅潤。

這絕對不是一個符合邏輯的模擬，應當出現的場景！

面對如此詭異的情狀，天工大王雖然內心震驚不已，但仍勉力保持鎮定，試圖釐清到底出了什麼問題。

就在這個時候，陌生人欠了欠身，朗聲道：「天工大王閣下，我叫金兒，是『氣』的使者。」

這個自我介紹，雖然只有短短幾個字，卻帶給天工大王無比的震撼，因為，他立刻明白了，這名自稱金兒的陌生人，並不是普通的人類！

早在叁之一章，我就提到過，當年在我家客廳，曾經因緣際會，進行了一場關於三大生命的重要討論，而天工大王碰巧也在場。

雖說當時，天工大王當局者迷，只對三大生命之中的「山」情有獨鍾，但有關「氣」和「水」的討論，包括「金兒」這個名字，他自然也多少有些印象。

如今面前這位陌生人，既然自稱金兒，又說自己是「氣」的使者，那就絕對錯不了，一定是個氣體人！

可是，天工大王轉念一想，更加墮入了五里雲霧——金兒這個氣體人，怎麼會出現在自己的模擬情境中？

但下一瞬間，他便想通了究竟是怎麼回事——

並不是金兒闖入自己的模擬，而是他自己，再度進入了「幻境」！

想到這裡，天工大王總算回過神來，發覺金兒仍舊似笑非笑地望著自己。他強作鎮定，一字一頓道：「敢問有何貴幹？」

金兒揚了揚眉，背書似地答道：「『氣』要我帶個口信，閣下的計畫，絕不可能有成功的機會！」

天工大王又驚又怒：「為什麼？」

金兒露出神秘的微笑：「因為『氣』會全力阻撓！」

*　　　　*　　　　*

小寶一受了讚揚，就滔滔不絕：「其實，氣體人，古已有之。」

我斥道：「你胡說什麼？」

溫寶裕高舉著手：「一點也不胡說，中國的神仙傳說之中，有一個重要的人物，叫『太卜老君』，這位老君先生，就有『一氣化三清』的本領——運用本身的氣，化出三個化身來！」

——摘自《運氣》

I / 4

壹之四

胡明

三千年前，中國有個名叫周穆王的國王，一生充滿神話色彩。

據說，他在位五十幾年，享壽一百零五歲。

據說，在他的臣子中，有一位來自西方的「化人」，擁有千變萬化的法術。

據說，他曾乘坐八駿馬車，日行萬里，越過崑崙山，抵達瑤池，和西王母把酒言歡。

據說，在西行途中，他經過許許多多只有《山海經》才有記載的古怪國度。

據說，這位周穆王，曾經從西域，帶回一個會唱歌跳舞的機器人，後來不知所終。

據說……

然而，三千年後，在無數歷史學家和考古學家的努力之下，終於揭開了這位國王的神秘面紗——甚至所謂的瑤池，也逐漸有了公論，應該就是當今哈薩克共和國境內的「齋桑泊」，至於傳說中的西王母，不外是當時當地一位剽悍的女酋長。

根據瑤池的真正位置，不難考據出，周穆王當年西遊的路線，大致符合所謂的「天山北路」。可是另一方面，後來他打道回府，究竟是循著原路，或是取道「天山南路」返回中原，學界至今仍舊眾說紛紜，莫衷一是。

不過無論如何，有一點可以百分之百肯定，他在回程的路上，的確得到一個會唱歌跳舞，而且栩栩如生的機器人。

這個機器人的創造者，正是戈壁沙漠的祖師爺，根據他倆的說法：「他是三千年前，一位西域巧匠，名諱上偃下師。」

老實說，幾年前，戈壁沙漠首度對我透露這個師承之際，原本我還相當存疑，因為有關偃師的事蹟，正史全部付之闕如，唯一一篇詳細的記載，出自《列子》這本同樣充滿神話色彩的奇書。

但如今，我對於這件事，再也沒有任何懷疑了，因為就在不久前，我親自探訪過偃師的墓，甚至親眼見到了這位傳奇人物的屍骨！

我在前面曾經提到，良辰美景遭到活埋那樁意外，就整個事件而言，只能算是序幕，後面還有更戲劇化的發展。因此我在那裡，幾乎採用平鋪直敘的方式，將她們到鬼門關前走一遭的經過，簡單做了一個說明。

至於我所說的「更戲劇化的發展」，當然包括她們兩人，後來在塔克拉瑪干沙漠的歷險記。我在壹之三章，曾試圖對她們那趟行程，儘可能做出交代，但由於這件事，實在太過錯綜複雜，所以嚴格說來，頂多只交代了前半段而已。

照理說，在本章中，應當將此事的來龍去脈，做個完整的補充。不過這樣做的話，又會發生失焦的問題，因為我並沒有忘記，良辰美景可不是這套回憶錄的主角，我之所以將她倆這段奇遇，描述得那麼詳盡，只是一個暖身準備，而並非真正的目的。

所以接下來，我打算再次用最精簡、最直接的方式，完成這個補充工作，以便儘快進入正題。

首先，我想大家最關心的，不外是當天，從古墓中竄出的人影，究竟是何方神聖？其實這個問題的答案，想必已在許多朋友意料之中，除了湯達旦，不可能還有別人！

這個答案，當然是事過境遷之後，良辰美景親口告訴我的，而這就代表，當天她倆和湯達旦，一定有過一番遭遇，否則匆匆一瞥，絕不可能那麼肯定。

當時的情況是這樣的，良辰美景一看到古墓中有人竄出，精神登時為之一振，三天來的懊喪，瞬間消失無蹤！她們想也不想，立刻提氣追了上去。

早在十多年前，我就曾經由衷讚嘆：當今世上，若論腳程之快，良辰美景認了第二，再也沒有人敢認第一！不過，那當然是指在公平競爭的前提下。

而當天的情勢，則無論如何，算不上公平競爭，一來良辰美景重傷初癒，二來湯達旦隨身帶著狀似沖浪板的推進器（想必採用氣墊船的原理），所以姐妹倆雖然使盡氣力，拔腿飛奔，也只能眼巴巴望著他，趴在推進器上，將距離越拉越遠。

直到前方出現一個隆起的沙丘，將湯達旦的去勢阻了一阻，雙方之間的距離，才終於縮短為兩三丈——而兩三丈之內，良辰美景的飛鏢，堪稱百發百中。

可是，正當湯達旦準備舉槍還擊，卻已不見良辰美景的蹤影。他乘機檢視了一下自己的傷勢，不禁哈哈大笑，因為他發現，自己根本沒有中鏢，只是被一顆小石子，擊中後頸的啞門穴，有些紅腫罷了。

湯達旦重新啟動推進器，繼續前進，不久便消失在黃沙的盡頭。這個時候，良辰美景才從沙堆中爬了出來，兩人緊緊擁抱，不禁喜極而泣。

因為，她們心中一塊大石頭，終於落地了！如今唯一需要擔心的，只剩下如何活著離開這座沙漠。

換句話說，她們兩人已萬分確定，終於達成了烏隊長所交付的任務。不過，大家一定會問，這又是怎麼回事呢？

答案其實很簡單，還記得嗎，她們的任務，並非逮捕湯達旦，而是只要在當作誘餌的古物上，裝上微型追蹤器，就算大功告成了。

雖然由於陰錯陽差，她們未能做到這件事，可是剛才，兩人隨機應變，將微型追蹤器「裝」到了湯達旦身上！

在此之前，一直沒有機會說明，所謂的微型追蹤器，乃是名副其實的微型，以致肉眼看來，幾乎沒有體積，只是一撮灰塵罷了。

良辰美景這一趟，身邊攜帶了十幾顆由這些「灰塵」揉製成的泥丸，原本的計畫，是進入古墓之後，將那些泥丸捏碎，讓「灰塵」撒在其中的古物上。

至於後來，湯達旦有沒有因此被捕，已經不是重點，相較之下更值得討論的，反倒是湯達旦怎麼會在古墓中，又怎麼會不早不晚，剛好那個時候竄出來？

這兩個問題，並沒有標準答案，以下所說的，只是事後我和良辰美景等人，一起做出的推想而已。

我們的推想是，湯達旦之所以捷足先登，根本沒有什麼神秘，一定是烏隊長的保密工作，仍有百密一疏之處。至於他為何留在古墓中，我則非常同意良辰美景的推測，是因為當他早一步抵達之際，古墓入口尚未被黃沙掩埋，但也正因為如此，後來良辰美景找到古墓時，湯達旦可說已遭到活埋。

如果不是再度出現沙流，湯達旦可能永遠出不來——根據良辰美景事後折返古墓所做的觀察，古墓頂端的開口，並非遭到任何破壞，而是自己打開的，這就只有一個解釋，那個秘密開口，在古墓快要湮滅的情況下，便會自動開啟。

這種安排到底有何目的，至今仍是一個謎，然而，除了「鬼斧神工」之外，我再也想不到其他的形容詞！

當天稍後，良辰美景站在古墓頂端，望著下方黑漆漆的深井，著實猶豫了好一陣子。她們的任務，雖然已經達成，可是此時此刻，她們的好奇心，也已經升到了最高點。

過去三天，她們想盡辦法，都不得其門而入，如今，兩人只要縱身一躍，就能進入古墓之內，無論其中有任何神秘，都能一覽無遺。

可是，過去這段日子的眾多經歷，讓她倆終於學到什麼叫深思熟慮。萬一無巧不巧，就在她倆鑽入古墓之際，開口又突然闔上，那就真是叫天天不應，叫地地不靈了！

即使姐妹倆只有一人下去，另一人在外守候，情況也好不了多少。

最後，她們終於做出沉重的決定，那就是留得青山在，不怕沒柴燒！想到這裡，兩人一言不發，爬下古墓，牽著駱駝，走進了漫漫黃沙之中。

一路上的艱難險阻，就請大家自行想像吧，總之，她們最後活著走出了那座沙漠。

等到良辰美景兩人，再度出現在我家客廳，時間又過去了好幾個月。這一次，她們終於不再有任何隱瞞，將一切經過，對我們一五一十說了個明白。

聽完良辰美景的敘述之後，我雖然對那座古墓，也十分好奇，然則一來我不是齊白（所以勉強壓得住那份好奇心），二來我剛出院不久，手邊有更重要的工作（正準備開始寫回憶錄），三來，我實在不想跟烏隊長那種人打交道（我已大致猜出她的身份），所以很快就將這件事，拋在腦後了。

當時，我完全沒想到，這件事竟然還會有後續發展，而這個後續發展，才是我所謂的正題。

這個正題，要從一位老朋友說起，他的名字，叫作胡明。

在這套回憶錄中，我已經對胡明這位考古學家，做過一些介紹，所以在這裡，只需要補充幾點即可。

我和胡明，是名副其實的老朋友，他就像小郭一樣，認識我還在白素之前。

那是我定居香港第一年的事，當一切都安頓好了（包括找到毛經理替我主持貿易公司），我忙裡偷閒，參加了一個業餘考古團，在中亞一帶進行了兩個月的考古活動。

不過，有了那次田野考古的經驗之後，我就再也沒參加過類似的活動了，主要是因為和我的個性不合——我希望最好每天發現一座湮沒的古代大城，而實際上，真正的考古工作，往往一兩個月，找不到一塊瓦片。

於是從此以後，我將自己對考古的興趣，轉移到古物的欣賞和鑑定，不是我自誇，我在這方面的功力，絕對有專家級水準，不信的話，請大家看看《奇門》這本書。

然而，當年和我同團前往的胡明，卻一發不可收拾，決心終生投入這個領域，不多久，他就進了美國著名的耶魯大學專攻考古，畢業之後，又順利地在開羅大學，找到一份教職，很快就在考古學界，建立起極高的學術地位。

據我所知，胡明的考古專長相當廣泛，他除了是埃及象形文字的權威，還對中亞的古代文明，有著極其深刻的研究。

因此，幾十年來，他經常會收到一些莫名其妙的照片或手稿，目的自然是請他解讀其中的「古代文字」。但是根據他的經驗，這類出處不明的資料，就像海盜藏寶圖一樣，百分之九十九點九九，都是偽造的。

等到網路發達之後，胡明更是每個星期，都會收到一兩封這類的電郵。他一律連看都不看，立刻將之刪除。

可是，正如我常說的，凡事總有例外。有一天，正當他照例清理電子信箱之際，突然接到一通電話，一個甜美的女聲，用標準的中文，堅定地對他說，有一封署名 Ficus 的電郵，內容是個掃描圖檔，他一定要破例讀一讀，但請務必保密。

這通電話，撩起了胡明的好奇心，他趕緊檢查「垃圾桶」，果然很快就發現，剛才刪除的垃圾郵件中，的確有這麼一封。

問題是，這封信從頭到尾，都是完全不知所云的古埃及象形文字，唬唬普通人或許還可以（反正全是些太陽、月亮、波浪、鳥頭之類的組合），但在他這位專家眼中，並沒有任何　個真正有意義的「字」。剛才，他之所以毫不猶豫便將之刪去，正是因為肯定它只是惡作劇。

（如果改用英文打個比方，就是通篇皆由二十六個字母組成，可是每一個「字」都是類似 qzaj 這類毫無意義的組合。）

然而，接了那通電話之後，胡明不敢這麼武斷了。他盯著電腦螢幕，看了又看，也不知是不是心理因素，越看越覺得裡面大有文章，那些看似胡亂排列的字元，隱隱然藏著極其神秘的規律。

他不知發了多久呆，突然靈光一閃，想通了其中的關鍵——這篇古埃及象形文字，一定經過了特殊的加密。

胡明身為一位考古學家，自然相當瞭解，任何一種古代文字，出現之後不久，都會有人基於實際需要，利用這種文字，創造出密碼。

例如古埃及的密碼文，通常都是刻在墓室內，目的（說來匪夷所思）竟是為了吸引盜墓者流連忘「偷」，以便對其中的木乃伊，多一重無形的心理保障。

話說回來，在胡明印象中，古埃及人的加密技術，一律相當原始，根本考不倒後世的考古學家。比方說，他們最常用的，就是最普通的置換法（將一個字元固定換成另一個字元，就好像在一篇英文中，將所有的A換成Z之類的），凡是粗通埃及象形文字的學者，都知道如何將之還原。

胡明隨即在心中，將他熟知的各種密碼公式，套用在這篇象形文字上，不料沒有任何一組公式，能夠得出有意義的結果。

這就代表，如今他所面對的，很可能是一種前所未見的加密古埃及文！

只要他能破解這組密碼公式，哪怕解出來的內容，只是情人互相傾訴情衷，也將是震驚考古學界的一大發現。更何況，如此精心加密的文字，絕不可能是為了寫情書而發明的，其中一定隱藏著天大的秘密！

想到這個可能性，胡明再也坐不住，興奮地在研究室中，手舞足蹈了好一陣子。

等到他終於冷靜下來，立刻徹夜展開工作，使出了看家本領，試圖破解這篇古埃及密碼文。

他不眠不休，工作了兩天三夜，並且在研究生的協助下，寫了一個電腦程式進行分析，但唯一的進展，就是更加肯定，這是一種前所未見、精密之極的加密象形文字。

到了第四天破曉時分，他終於硬著頭皮，回了一封信給那位寄件者，表示自己無能為力，建議對方另請高明。

萬萬沒想到，他一覺醒來，對方的回信已等在那裡。信中什麼也沒說，只是又寄來一篇類似的掃描手稿。

胡明原本睡眼惺忪，一看到這封信，頓時精神百倍，甚至顧不得喝咖啡，便立即投入工作。

因為他一眼就看出來，這兩篇手稿，不但出自同一個人的手筆，而且加密的方式，顯然也完全一樣。

寄件者的用意，可謂明顯至極，因為，凡是瞭解密碼學的人，都知道只要樣本越多，破解的機會就越大。

胡明將兩篇手稿互相對照，又至少工作了二十四小時，總算對這種加密方式，摸出了一些頭緒，可是，如果想要完全破解，顯然還需要更多的樣本。

這回，他毫不猶豫，立刻寫信給對方，直截了當提出這個要求。

沒想到，信寄出之後，他等了整整兩天，一直沒有收到對方的回信。後來，他又發信追問了兩三次，仍舊有如石沉大海。

正當他惶惶不可終日之際，那名神秘女子突然又打電話來，告訴他，還有更多的手稿，收藏在一座古墓之內，歡迎他親自前來，直接研究真跡。只不過，有一個小小的條件——他必須說動衛斯理和他同行。

三天後，這位闊別多年的老友，成了我家的不速之客。

時間是二〇〇七年初，距離良辰美景歷險歸來，已匆匆過了兩年。這兩年間，我幾乎足不出戶，潛心撰寫回憶錄，已經頗有成績，只可惜，對於那個天大的陰謀，仍然沒有找到可靠的線索。

胡明首先開門見山，對於兩年前，我精神失常之際，他未能親來探望，表示歉意，因為當時，他正領導考古隊，在中亞的阿塞拜疆山區考古。

然後，他便掏出筆記電腦，將解譯那兩篇文字的經過，對我說了個仔細。

我聽了以後，也不禁嘖嘖稱奇。

我自己對古埃及象形文字，僅僅略知皮毛（胡明早年，曾經用這種文字和我通信，不久我就舉手投降），然而，我對胡明在這方面的權威地位，向來沒有絲毫懷疑。

如果連他都無法破解，世上只怕再難找到破解之人！因為，這和破解一般的密碼很不一樣，必須以象形文字的專業知識當作基礎，所以，那些走在時代尖端的密碼專家，全部英雄無用武之地。

我自然看得出，胡明已被這個難題深深吸引，幾乎到了魂不守舍的地步，就像十幾歲的少年，首度感受到愛情魔力一樣。

問題是，他能否和「愛人」進一步交往，決定權竟然握在我手上！

天底下怎會有這麼荒謬的事？別說我絕不可能答應，就算我真的陪他同往，又能提供什麼樣的協助呢？

所以我立時斷定，這極可能是個圈套！

不過，我仍舊十分納悶，因為如果真是圈套，似乎也太拙劣了。

就在我不管三七二十一，決定勸胡明打消念頭之際，突然接到良辰美景的電話：「胡明叔叔應該已經到了吧？」

我怔了一怔：「你們怎麼知道？是不是胡嫂告訴你們的？」我口中的胡嫂，本名田青絲，和良辰美景頗有淵源。

但我怎麼也想不到，她們竟然答道：「不，是烏隊長告訴我們的。她要我們捎個口信——兩座古墓，其實是一而二，二而一，衛叔如果肯去一趟，保證有意想不到的收稷！」說完就匆匆收了線。

胡明也從擴音裝置，聽到了良辰美景這番話，一臉疑惑地問：「什麼叫作兩座古墓，一而二，二而一？」

我忙將這對姐妹的奇遇，以最精簡的方式，對胡明說了一遍，他隨即露出難以置信的表情，吼道：「不可能，雙重不可能！第一，象形文字的手稿，從來沒有在裡海以東出現過。第二，塔里木盆地，也從未出現過金字塔形制的古墓。喔，對了，還有第三點，良辰美景怎麼可能知道，我現在剛好在這裡？」

我冷笑一聲：「前兩個問題，我無法回答，但第三個問題的答案，則明顯之至，我猜那位寫信和打電話給你的女子，很可能就是烏隊長本人。」

胡明不解地道：「她這麼迂迴曲折，究竟有什麼目的？」

我吁了一口氣：「我們抵達古墓之後，你不妨當面問問她。」

我之所以改變主意，決定親自走一趟，原因不一而足。但如果我替自己，仔細做個心理分析，那麼最主要的原因，應該還是我對那座古墓，早已心嚮往之，只是兩年前，我刻意找了一些冠冕堂皇的理由，將這個心願壓抑了下來。

如今，胡明的造訪，加上良辰美景一通電話，喚醒了這個蟄伏已久的心願。

我在心中撥了撥算盤，很快就下定了決心！

白素則以實際行動，表示對我的決定，百分之百支持（她看得出我當時情緒低落，正好趁這個機會散散心）。紅綾雖然也很想去，但是她和戈壁沙漠，正在進行一項重要實驗，只好忍痛棄權。

當天稍後，胡明給那位 Ficus 發了一封信，幾分鐘內便收到回信，表示會儘快替我們安排行程。

不到四十八小時，我們一行三人，已順利抵達了目的地。算來，這還是我出院之後，第一次出遠門！

途中，我還不停思忖，根據良辰美景的敘述，當年她們離去之際，那座古墓已經即將再度埋入黃沙之中，莫非後來，又因為沙漠的流動，使得古墓重見天日？

等到我們搭直升機，抵達古墓上空之際，我的疑問立刻有了解答。放眼望去，在古墓四周圍，隱約可見一圈堤防般的建築物。

雖然從空中看來，那圈堤防並不怎麼起眼，可是降落之後，我才驚覺工程浩大之極。有了這樣的堤防，自然再也不必擔心古墓遭到掩埋。

有關當局對於這座古墓的重視程度，由此可見一斑！

後來我才知道，早在兩年多前，良辰美景完成任務之後，文物特警隊便接管了這座神秘古墓，並以極機密的方式，進行專業的開挖和深入的研究。

所以，當天呈現在我們眼前的，已是那座古墓的全貌，比起良辰美景最初所見，高出了兩三倍。

在古墓入口附近，一座大帳棚內，我們終於見到了久仰大名的烏隊長。老實說，不只我和胡明，連白素都怔了一怔！

原本我一直懷疑，良辰美景對她所做的形容，恐怕言過其實，這時，見到了她的廬山真面目，我反倒覺得，姐妹倆當初的用詞，實在太過保守了。

這名奇女子，當天仍作男裝打扮，未施任何脂粉，然而我敢說，當今世上任何一位美女，即使盛裝站在她身邊，都不可能將她比下去。

（後來，我曾經和白素私下討論，古今中外的美女，到底有沒有誰，能夠和這位烏隊長一較高下？結果，我們只想到一個人，那就是外號賽觀音的竇巧蘭女士。）

雖然我並沒有忘記，良辰美景曾一再強調，這位烏隊長給人的印象，是十足的直爽率真、開誠佈公，可是，當她開口說第一句話，還是著實令我吃了一驚。

她竟開門見山道：「明人面前不說暗話，黃蟬和柳絮等人，的確是我的師姐。不過，自從文物特警隊成立之後，『隊長』就是我唯一的工作，也是唯一的頭銜。」

我不動聲色，故意輕描淡寫道：「那麼，你的全名也該是一種花？」

她點了點頭，居然有點靦腆：「沒錯，我叫烏曇，不過典故很冷僻。」

我笑了笑：「不算太冷僻，佛經裡經常出現。」

然而，當時我只想到，所謂的烏曇，就是無花果的梵文譯名，並沒有多作其他方面的聯想，直到很久以後，我才終於恍然大悟，她選用烏曇這個名字，其實另有深意，而且，和她總是女扮男裝，有著意想不到的關係。但這是後話，照例表過不提。

且說當天，在進入古墓之前，烏曇先替我們三人，親自做了一個簡報，將過去兩年多，他們研究這座古墓的成果，摘要整理成下列幾點：

一、根據最尖端的加速器質譜定年法，這座古墓的歷史，幾乎剛好三千年。

二、這座古墓的形制，在此地屬於絕無僅有，雖然明顯受到古埃及金字塔影響，但細微處又有許多不同（她這樣說的時候，我注意到胡明頻頻點頭）。

三、墓主是一名男性，屍骨保存良好，是一具典型的天然木乃伊。

四、古墓內的隨葬物，大多平凡無奇，只有一兩件例外。

五、除了隨葬物之外，另有十幾卷莎草紙手稿。她寄給胡明的兩個掃描圖檔，正是其中兩卷的內容。

胡明聽到這裡，忍不住跳了起來，高聲道：「現在我來了，趕快通通拿給我！」

烏曇露出一抹俏皮的笑容：「胡教授別急，還是先看看那尊陪葬的人偶，對您的解譯工作，相信會有幫助。」

*　　*　　*

在那段經歷之中，我甚至運用牛頭人身的「牛頭大神」留下來的設備，把他的頭和身體分了開來。這個個子矮小、精力過人的考古學家，足跡遍天下，自那次之後，我和他偶爾有聯絡。

我問：「他在哪裡？」

白素道：「傳真是從馬尼拉來的。」

她把一疊傳真紙遞了過來。第一張是胡明的短信：「衛，不知你古埃及文有沒有進步，所以仍用同樣古老的漢字寫信給你——」

——摘自《廢墟》

II / 4

貳之四

羅開

我並不是第一次來這個古堡，可是這次和上一次，古堡周圍的環境竟然大不相同——康維在湖邊上種植了無數柳樹，也不知道他用了什麼方法，算來沒有多少年工夫，柳樹竟然大都有合抱粗細。

此際正是仲夏時分，柳條長垂，枝梢都點到水面，隨風飄動時，在平靜的水面上，畫出一個接一個的漣漪。水圈不斷在水面上向遠處擴張，把視線引向遠處，極目望去，湖水和柳蔭交融成一望無際的碧綠，使人感到如置身於幻境之中。

陽光灑在湖面上，彈跳著億萬點金光，時而分散，時而凝聚，更顯得變幻莫測。

——**摘自《賣命》**

二〇〇五年八月底，我們一家三口，透過康維所安排的實況轉播，在自家客廳，目送溫寶裕和羅開，踏上土星之旅。

我們最先看到的畫面，是康維站在柳絮古堡入口，像節目主持人般，對著鏡頭說了幾句話。由於鏡頭採取仰角，像是掌鏡者相當矮小，我立刻就猜到，康維動用了古堡內的小機器人，充當攝影師。

緊接著入鏡的，是初為人母、美麗依舊的柳絮，以及緊抱在她懷中的女嬰。在不知情的人看來，想必會以為，這只是很普通的居家紀錄片。可是，等到鏡頭追著康維，迅速來到古堡的地窖，整個氣氛頓時有了巨大的轉變！

我聽到紅綾的一聲驚呼，而我自己也情不自禁，嗖地吸了一口氣。

整間地窖，已被改建成一座秘密發射基地，那艘即將遠征土星的太空船，架在一條長長的軌道上，一副蓄勢待發的模樣。

船身上髹著ＳＡＬＩＸ五個英文字母，康維得意地替我們解說，這艘太空船，幾乎和他的愛女康維十八世同時誕生，所以順理成章使用同樣的閨名，翻譯成中文，就是「莎莉號」。

凡是對人類太空發展，稍有認識的人，只要看一眼，就能斷定這艘「莎莉號」，絕對不屬於這個時代。或者應該說，目前在地球上，只有到好萊塢的製片廠，才有機會目睹這種超時代的太空船。

根據景物比例，「莎莉號」的體積相當小，大約只有一輛貨櫃車那麼大，而它的造型，雖然算不上古怪，但僅僅略呈流線，還比不上噴射戰鬥機的線條來得優美（這是理所當然的事，因為一旦衝出大氣層，「流線型」就成了毫無意義的名詞）。

但最令我感到眼界大開的，要數這艘太空船的外殼。從高解析度的畫面看來，那種泛著暈彩的材質，既不是金屬，也不是陶瓷，當然更不可能是塑膠。

我正準備問紅綾，她對「莎莉號」有何評價，兩位「太空人」出場了。

紅綾立刻噗哧笑出聲來，道：「看看他們的樣子，哪像是要上太空！」原來，溫寶裕和羅開兩人，不但仍舊穿著最普通的服裝，而且手上幾乎什麼也沒拿，和我們印象中，美國太空人全副武裝的陣仗，簡直天差地遠。

溫寶裕首先衝到鏡頭前，用力揮著手，興奮地道：「今天是我有生以來，最有意義、最值得紀念的一天——」他忽然摀住嘴巴，做了個鬼臉，又道：「紅綾，千萬別跟藍絲講，你知道我不是那個意思！我的意思是，我不但終於實現了去土星的夢想，而且做夢也想不到，還是和羅開一起去！」

這時，羅開來到了溫寶裕旁邊，笑道：「是啊，小寶自小就跟我有緣！」

當「莎莉號」沿著軌道，緩緩滑出地窖之際，羅開這句話，還一直在我心中迴盪，以至於後來，「莎莉號」升空的英姿，並未在我腦海中，留下多麼深刻的印象。

因為我覺得，事情實在太巧了，難道真是一個「緣」字，所能概括的嗎？

且說幾天前，我和康維通話之際，羅開突然出現在畫面上，原本我還以為，他是應康維或小寶之邀，前來仗義相助的。

我甚至還自作聰明，調侃了康維一句：「大鬍子，你可真有辦法，自己當了爸爸，不想再上天下海，竟然想到抓羅開當公差！」

可是，看到康維的反應，我立刻知道自己料錯了，而且錯得十分離譜。

事實上，羅開之所以來到柳絮古堡，純粹是由於一個巧到不能再巧的巧合，直到如今，我仍舊覺得有些難以置信。

敢情在此之前，羅開完全不曉得，康維替小寶打造太空船這件事。當天，他來找康維的目的，正是希望康維能夠設法，以最快的方式，將自己送到土星。

不用說，雙方自然一拍即合！

至於羅開究竟要去土星做什麼，則必須從頭說起。

長久以來，羅開給我的印象，是他很愛享受各種不同類型的生活方式，比方說，他喜歡在巴黎過著紙醉金迷的夜生活，也喜歡在地圖上都找不到的深山野嶺和松鼠作伴；他可以和好幾個美女三天不離開一間房間，卻也可以在喇嘛廟裡連續靜坐一星期。

不過，後來我才聽小寶說，羅開近年來，心境有了相當大的轉變，對於一切世俗的事務，興趣越來越薄弱，花在靈修上的時間，則與日俱增。

這點我倒並不驚訝，因為我很瞭解，羅開其實極有慧根和機緣，他不但生長在神秘的喜馬拉雅山區，而且從小接受密宗僧侶的撫養和培育，若非他同時也是天生的冒險家，那麼很可能年紀輕輕，他已經成為一名高僧，甚至活佛也說不定。

如果小寶所言不虛，那麼羅開這種轉變，只是走了一大圈，又回到原點而已。正所謂從看山是山，到看山不是山，最後又反璞歸真，回到了看山是山的境界。

話說回來，羅開身上的「冒險家配額」畢竟不是那麼容易用光的，所以，即使他隱居在青藏高原，以密宗心法進行靈修，也和一般的喇嘛或智者，多少有些不同。

比方說，密宗靈修相當重視「觀想」，也就是在靜坐之際，並非將思緒完全放空（因為那是不可能的事，當今的大腦科學，已針對這點提出了具體證據），而是將心念集中於某個特定事物上。

這個特定事物，可以是抽象的生、老、病、死，也可以是自然界的地、水、火、風，或是生物界的花草樹木、蟲魚鳥獸，當然，更可以是靈界的神佛菩薩。甚至有些喇嘛，以太陽或月亮，作為觀想的對象。

然而，羅開卻獨樹一幟，十多年來，他專門觀想哈雷彗星！

原因是，早在一九八六年，哈雷彗星重訪地球之際，羅開就和這顆家喻戶曉的週期彗星，有過神秘的溝通經驗。

如今，哈雷彗星雖然早已遠去，不過，那只是指人類肉眼，無法再追尋它的蹤跡，實際上，這顆彗星目前的位置，仍在太陽系之內，甚至比冥王星和海王星，更為接近地球。

因此這些年，羅開只要進入冥想的境界，仍舊能感覺到哈雷彗星的存在。

可是最近——更精確地說，是二〇〇五年七月底——竟然發生一件意想不到的怪事。

那天，羅開在騰格里湖畔，從子夜開始，靜坐冥想直到破曉時分，突然感到自己和哈雷彗星之間的聯繫，開始迅速減弱。

羅開起先以為，是高原的氣候，起了急遽變化所致，但他極目四望，並未發現天候有任何異常，甚至仍可見到皓月當空。

正當他納悶之際，又出現了更加不可思議的感覺——原本好端端的哈雷彗星，彷彿碎裂成了百千萬億個碎片！

羅開趕緊屏氣凝神，讓自己的大腦，再度進入冥想狀態。不久之後，他就感到那些遠在天邊的碎片，陸續和自己建立起了聯繫。一個個碎片，在他腦海中，逐漸幻化成一個又一個大大小小的圓圈。

那是一種相當難以形容的感覺，羅開並沒有看到什麼東西，甚至沒有產生任何「內視」或「遙視」，可是他又明明白白覺得，一圈又一圈，無窮無盡的同心圓，似乎在他體內，以不同的速度，周而復始地旋轉。

這究竟是怎麼回事？到底意味著是吉是凶？羅開甚至懷疑，是不是觀想的對象，太過旁門左道，終於導致自己走火入魔？

想到這個可能性之後，他立刻強迫自己，儘速脫離冥想狀態，但不知過了多久，他才終於「醒」了過來，發覺自己早已出了一身冷汗。

他的第一個念頭，就是要儘快確定，哈雷彗星是否真的爆炸了。好在他身邊，永遠攜帶著最先進的衛星通訊設備，而多年冒險生涯所建立的豐厚人脈，也隨時能派上用場。

因此，不到一小時，羅開已將剛才的異象，調查得水落石出——哈雷彗星當然沒有爆炸，自己也並沒有走火入魔。整件事，借用天文學家的術語，其實只是一種「掩星」現象，如果換成普通的說法，就是羅開和哈雷彗星之間，突然闖入了第三者，干擾了羅開對哈雷彗星的觀想。

想必已經有許多人猜到，這個第三者正是土星！換句話說，當天凌晨，地球、土星、哈雷彗星，幾乎排成一條直線。明白了這一點，羅開所感覺到的異象，例如哈雷彗星爆炸，碎裂成無數同心圓，通通不難解釋了，總之，都是土星和土星環惹的禍。

可是，仍有一件事，找不到合理解釋——羅開當天，為何輕易便能觀想到土星，甚至感受到土星環的旋轉？

羅開本人，並沒有超凡入聖的大神通（起碼目前還沒有），他和哈雷彗星，是因為機緣湊巧，再加上日積月累，才能始終保持著精神上的聯繫。

為了驗證，第二天開始，羅開試著觀想其他行星，但即使近得多的火星，也僅只有模模糊糊、真假難辨的感覺，可是，每當他將意念集中於土星，竟又屢試不爽！尤其是土星環一圈又一圈的繁複轉動模式，在他的觀想中，越來越有難以言喻的吸引力。

因此，不到一個月，羅開對於土星——尤其是土星環——彷彿已經著了魔。

他雖然明知，這很可能是修道過程中所謂的「魔考」，可是他更相信，這代表自己塵緣未了。換成我的說法，就是他的冒險家配額尚有許多餘裕。

經過一番天人交戰，羅開終於離開青藏高原，以最快的速度，直奔南歐的希臘。因為他很清楚，世上只有一個人，可以幫他達成心願。

前面曾經提到，為了安全起見，康維將「莎莉號」的速度，壓到了最低，光是單趟，就要花上大半年的時間。

這當然是以康維的標準而言，如果在ＮＡＳＡ看來，去一趟土星只要八個多月，簡直就是天方夜譚。比方說，那艘曾遭戈壁沙漠「偷渡」的「卡西尼號」，當年從地球飛到土星，就花了將近七年的時間，而且還是標準的迂迴前進，先在內太陽系繞了幾圈，最後才奔向土星。

事實上，直到目前為止，人類遠征外星的太空船，幾乎都是採用這種繞道而行的方式（大概只有當年送方天返鄉的「核能太空船」是唯一的例外），目的不外是借用星體的牽引力，以大幅節省燃料。

其實在我看來，採用迂迴軌道的最大缺點，還不在於曠日廢時，而是不能想走就走，一定得揀選黃道吉日——在太空航行學中，稱之為發射窗口。

康維的母星（據說叫三晶星）自然也經歷過這種原始太空時代，可是不知多久以前，便已成為歷史陳跡。當燃料不再是問題之後，即使小學生都知道，兩點之間，直線才是最近的距離。

這就代表，康維替「莎莉號」所規劃的航程，完全採取直線飛行。

前面也曾經提過，溫寶裕對這樣的速度，還是大表不滿，抱怨不知如何打發時間，但康維也只能聳聳肩，辯解道：「憑我一個人的力量，造不出超光速太空船，何況即使造得出來，基於星際公約，我也不能提供給地球人使用。」

可是，由於羅開半路殺出，情況立時完全改觀。據說，當小寶獲悉羅開將同行後（那時他還在泰國），興奮得手舞足蹈，語無倫次道：「八個月算什麼，八年都沒關係！我一定要效法《基度山恩仇記》，請羅開將一身的本領，對我傾囊相授！返回地球後，保證讓衛斯理刮目相看！」

等到小寶抵達柳絮古堡，見到了羅開，又有了新的主意：「衛斯理正在寫回憶錄，但是進度牛步，不知何年何月才會出版。我們剛好利用這趟旅程，後來居上，你負責口述，我負責記錄，回到地球之前，一定就能完成一套《羅開回憶錄》！」

不過，溫寶裕打的這些如意算盤，後來一一都沒有實現。最主要的原因，正如剛才所說，羅開的心境，這些年有了相當大的轉變。

這麼說吧，羅開一路上，的確傳授了小寶一些本事，但盡是禪定和內功方面的修為；他也和小寶談了不少，可惜都不是他自己的冒險事蹟，而是近年來，他對於宇宙和人生的深刻體悟。

於是，這趟為期八個多月的旅程，兩人將大多數時間，都花在靜坐冥想上。因為溫寶裕很快就發現，除了睡覺之外，這是打發時間最有效的方式。

日子就這麼一天天過去，半年後，土星已經遙遙在望，如果透過望遠鏡，就連土星環的精細結構，都能一覽無遺了。

溫寶裕發出由衷的讚嘆：「哇，看看那些紋路，真可說是宇宙中，最大的一片光碟了！而且不難看出，剛好劃分成九個區塊，你看有沒有可能，上面記錄著宇宙貝多芬的九大交響曲？」

對於小寶天馬行空的想像力，羅開早已習以為常，通常都懶得答腔。不過那天，羅開心情特別好，忍不住陪他幻想一番：「在我看來，這九個同心環，更像是一組對號鎖，一旦全部轉對了位置，就能解開宇宙人生無數的謎……」

匆匆又過了兩個月，「莎莉號」抵達了土星周圍的星空，溫寶裕突發奇想：「我們要不要就近，先去拜訪衛斯理的老朋友？」

羅開揚了揚眉，道：「你是指土衛六上的方天？不是聽說他早已遇害了？」

溫寶裕用力一拍腦門：「唉呀，都是我不好，這半年來，我腦子裡除了土星環，還是土星環，竟然忘了跟你說說《藍血人》的最新進展！」

於是，溫寶裕鼓其如簧之舌，將戈壁沙漠利用微型機器人探測土衛六，所得到的驚人結果，仔細向羅開說了一遍。

羅開聽得津津有味，可是聽完之後，他卻毫不猶豫，否決了小寶的提議。

小寶頗為不服氣，追問道：「請問船長，大副的提議有何不妥？」

羅開忍住了笑，一本正經道：「既然當初說好，這趟任務由我負責指揮，我就必須以任務的成敗，以及人員的安全，作為最高考量。雖然我對土衛六上的真相，和你一樣好奇，但絕不能因為這個理由，就臨時改變航線，萬一……」

小寶還是不肯放棄：「我又沒說要登陸土衛六，只是想繞到它上空，遙測一下地底的動態罷了！難道你忘了，康維曾向我們保證，『莎莉號』百分之百匿蹤，那些藍血人，絕對不可能偵測到我們……」

不過，縱使小寶講得天花亂墜，始終未曾動搖羅開的決心。因此，他們的行程，並沒有絲毫耽擱，準時抵達了土星環外圍。

這個時候，從駕駛艙望出去，太空船四周，滿是大大小小的「環碴」，再也看不出任何規律了。好在「莎莉號」有絕佳的自動導航功能，不必擔心發生碰撞事件——事實上，由於這些環碴，結構都相當鬆散，即使真的與之相撞，也頂多造成一場虛驚罷了。

看到艙外這種景象，溫寶裕又有感而發：「所謂距離產生美感，這話一點也不假！遠看那麼壯麗的土星環，竟然真是由無數顆髒雪球組成的。不過話說回來，如果我們用電子顯微鏡，觀察〈蒙娜麗莎〉，同樣只能看到一顆顆油彩分子。總之——」他的語氣，突然從高亢轉成了沮喪：「我們已經找到《環》和事實不符的第一個證據了！」

羅開聽出了小寶的失望，安慰他道：「這是意料中的事，你不是早就猜到，衛斯理將上星環，描述成無數太空站，只是一種文學上的誇張手法。那些上一代地球人，可能只造了幾座太空站，藏在這個大環之中。」

溫寶裕勉強打起精神：「對，哪怕只發現一座太空站，我們的任務，也算成功了。可是——」他又嘆了一口氣：「這麼一望無際，不知要找到何年何月，才會有結果！」

羅開氣定神閒道：「不急，我們有整整一個月的時間。從現在開始，你負責操作遙測儀器，我要用自己的方式，捕捉此地的神秘訊息。」

當羅開和溫寶裕，進行這段對話之際，「莎莉號」仍在土星環的最外圍，借用「九大交響曲」的比喻，他們當時的位置，等於是在最後一首的結尾處。

如果改用天文學家的說法，這裡是「土星E環」的最外緣，距離土星表面，有四十二萬公里之遙。

從那天開始，「莎莉號」便沿著一條看不見的螺旋線，一圈又一圈，逐漸向內推進。這樣的搜索方式，能夠確保不會遺漏土星環任何一個角落。

對了，在我的冒險生涯中，也經常利用類似的搜索方式，只不過所走的方向剛好相反，我是以一點為中心，一面繞圈子，一面將半徑不斷擴大，這就是所謂的「蜜蜂迴旋搜尋法」。

由於這艘「莎莉號」，本身就像一個會飛的機器人（兩名乘客只是它肚子裡的寄生蟲），所以羅開和溫寶裕不必操心導航系統，能夠將全副心力，都投注在搜索工作上。

然而，日復一日，溫寶裕所負責的遙測儀器，不但沒有偵測到什麼太空站，甚至未曾發現任何蛛絲馬跡——或者應該說，的確發現過一次，但隨即證明只是空歡喜一場，因為儀器所捕捉到的電波，來自當時也在土星附近的「卡西尼號」。

至於羅開的收穫，同樣好不了多少，他雖然偶爾會感受到一些訊息，可是一律相當模糊，而且忽大忽小，起起落落，毫無規律可言，更不明白代表什麼意義。

直到一個月的搜索期，剩下不到一星期，也就是說，他們已將整個土星環，搜索了十之八九，即將進入「第一號交響曲」的範圍，情況才急轉直下。

羅開和溫寶裕兩人，幾乎同時有了發現！

先說溫寶裕，他所負責監控的遙測儀器，其中有一項指數，陡然間顯著升高！小寶簡直不敢相信，揉了揉眼睛，才終於肯定，那的確是高能射線 γ 的指數。

而羅開這方面，則感受到了極其明顯的死亡氣息！那種死亡氣息，雖然只是抽象的感覺，卻在他大腦中，產生了實質影響，令他覺得真的聞到一股惡臭，以致胃部一陣陣作嘔。

想當年，羅開在月球背面，發現上千具乾屍，也並未感受到那麼濃重的死亡氣息！

這到底是怎麼回事？此地究竟有何古怪？

溫寶裕趕緊命令「莎莉號」停止前進，這才發現，這是一處相當特殊的星空。

剛才曾經提到，溫寶裕遠眺土星環之際，曾發揮高超的聯想力，將之比喻成錄有九大交響曲的音樂光碟，因為不難看出整個土星環，大略由九個同心環組成。

這九個同心環，在許多方面，都有細微的差異，甚至連顏色都不盡相同，而相鄰兩環之間，或多或少有個空隙，也就是一小段空無一物的星空，天文學家稱之為環縫。

如今，「莎莉號」的位置，雖然也在類似的環縫上，不過並不代表，它已經來到第一和第二號交響曲之間的空白處。

或許可以這樣比方，第二號交響曲分成了幾個樂章，而兩兩樂章之間，同樣也有一小段空隙。

換句話說，他們仍未脫離第二號交響曲的範圍，但是此時此刻，上下四方同樣空無一物，既沒有環碴，也沒有衛星，當然更沒有太空站之類的人造天體。

在這個虛無的環境中，怎麼會有強烈的放射線？又怎麼會有濃厚的死亡氣息？雖然羅開和溫寶裕，心中都充滿問號，可是兩人對於該如何處置，看法卻南轅北轍。

溫寶裕主張，應該讓「莎莉號」停止螺旋前進，留在這個軌道上繞圈子，以便蒐集更多的資料，如此才有機會解開此地的神秘。

然而，羅開則認為，一個月的搜索期，已經所剩無幾，必須善用這些寶貴時間，將整個土星環搜索完畢。為了加強說服力，羅開還特別強調，說不定越接近土星，神秘的事件也就越多。

兩人各執己見，誰也無法說服對方，以致爭得面紅耳赤。最後，羅開迫不得已，只好再度動用船長的權威。

這樣一來，溫寶裕即使再不服氣，也只好乖乖聽命（至於他心中，有沒有動過「叛艦喋血記」的念頭，就不得而知了）。於是，「莎莉號」繼續既定的航程，沿著螺旋線，向中心逐漸逼近。

兩三天後，他們終於完成了整個土星環的搜索，卻沒有任何其他發現。這個時候，「莎莉號」已經來到環的最內緣，只要再向前飛幾千公里，就會進入土星的大氣層了。

溫寶裕總算能夠振振有詞：「趕緊掉頭，回到那個神秘的隙縫，至少還有兩天時間，可以好好探索一下。」羅開當然沒有理由反對。

這回，「莎莉號」採取直線前進，不到一小時，已經抵達目的地。

溫寶裕做了一番測量，隨即向羅開報告：「γ 射線指數，和上次有顯著差異，大約升高了百分之……」這時，他突然注意到雷達幕上，出現好些亮點，驚呼一聲：「咦，這是什麼？」

羅開則高聲道：「別管雷達了，你看看窗外！」

溫寶裕猛然抬起頭來，立刻有個錯覺，以為自己正在玩沉浸式電腦遊戲。

一艘異星太空船，正向他們迎面衝來！

III / ④

叁之四

張堅

後來我們幾個人，曾多次反覆問溫寶裕，那究竟是什麼樣的一種境界，可是溫寶裕卻說不上來，他用我的話來回答：「那種境界超乎人類的認知範圍，所以無法用人類的語言來表達。只好說，那是一種隨心所欲的境界——想到什麼，就處在什麼境界之中。求我代他當元首，我勉強答應，就立刻成了元首！」

——摘自《傳說》

在南極威德爾海東側，南冰洋永凍海域的邊緣，一艘看來絕不該在那裡出現的中型遊艇，正準備執行一件驚天動地的任務！

從今天正午開始，架設在甲板上的發射器，將向四面八方，射出功率幾兆瓦的超音波，並將持續不斷五十幾天。在這股超音波擾動下，附近廣大海域的結冰過程，將大幅受阻，即使偶爾有浮冰形成，也頂多只有籃球大小。

根據天工大王的推算，這麼一來，橫跨全球的溫鹽環流，流勢便會減緩至恰到好處的程度，剛好能導致地球退燒的良性循環。

雖然今天早上，氣候突然發生劇烈變化，海上颳起強風，令「兄弟姐妹號」在驚濤駭浪中載沉載浮，但雲五風拍胸脯保證，「兄弟姐妹號」配有最精良的慣性穩定儀，即使再大的風浪，這艘奇船也經受得住。

於是，天工大王秉持人定勝天的決心，於正午時分，下令開啟發射器。說來奇怪，那陣怪風，來得急也去得快，半小時之後，海面已經恢復風平浪靜。

直到這個時候，天工大王才暗自吁了一口氣，放下了心中一塊大石頭。

因為昨天深夜，他曾有一段疑真疑幻的經歷，一位「氣」的使者，鄭重其事警告他，「氣」將全力阻撓這個計畫，說完之後，轉瞬間消失無蹤。

雖然明知，那只是在幻境所發生的事，天工大王仍舊不敢掉以輕心。

今晨天氣驟變，就差點讓他以為，阻撓真的已經開始了。

試想，「氣」乃是地球三大生命之一，如果它要阻撓一件事，別說天工大王，就算全世界六十多億人口聯合起來，也沒有力量與之抗衡！

（我自己也曾經說過，如果人類真的將「氣」惹火了，它只要東藏西躲十分鐘，整個地球的文明，就會從頭來過！）

然而，如果因此就打退堂鼓，他——希布棱斯·倫三德——根本不配當天工大王。

他盡力說服自己，天氣變壞只是巧合，幻境中所發生的事，和這個真實世界，不一定有絕對的牽連，更何況，為了保險起見，他在離開那個幻境之前，已將其中的空氣通通抽光，一個分子也沒有留下！

天工大王第一次進入幻境，是將近二十五年前的事。

當時，他剛以一件絕世的工藝設計，衛冕了天工大王的頭銜，為了慰勞自己，他決定退隱半年，前往坐落於倫敦的大英圖書館，儘可能博覽群書。

兩百多年來，大英圖書館藏書一直是世上數一數二，在網路尚未出現的時代，自然是挖掘知識的寶庫。

那半年間，天工大王和當年的馬克思一樣，幾乎就住在圖書館裡面，而且，他為了拓展知識領域，特別規定自己，每天要接觸不同種類的書籍，而且越冷門越好。

就是在這種情況下，有一天，他忽然對古代水利工程，產生了莫名的興趣，並且很快就找到許多珍貴史料。

其中最吸引他的，莫過於中國古代大禹治水的傳說。天工大王覺得簡直不可思議，四千多年前的中國古人，怎麼可能進行那麼龐大、那麼精密的疏浚工程？

這究竟是真有其事，抑或像某些歷史學家所稱，只是一個神話故事？（例如傳說中，大禹是個法力高強的巫師，不但能夠呼風喚雨，還能幻化成各種動物。）

天工大王的好奇心越來越盛，終於決定以自己的獨門方法，驗證這個千古之謎。

他將有關大禹治水的歷史記載和地理資料，一一裝在腦海裡，然後，就在圖書館的閱覽室，雙目微閉，以手支頤，進入了沉思狀態。

想必大家已經猜到，天工大王試圖利用「歷史模擬」，驗證大禹治水的可能性和真實性。

模擬的結果，令他驚訝不已，有關大禹治理黃河的各項傳說，居然都有超過百分之九十的可信度！這就意味著，四千多年前，中華民族的確已有足夠的人力、物力和（最重要的）智力，完成這些傳奇的治水工程，其中並沒有多少神話色彩。

可是，有些文獻還提到，除了黃河之外，大禹也曾經整治過長江，尤其是疏通了洞庭、鄱陽兩湖和長江之間的聯絡水道，從此這兩大湖，才開始具有調節長江水位的功能。

天工大王對於這方面的傳說，抱持著更深的懷疑，但即便如此，他還是不敢妄下斷語，決定先模擬一番再說。

正是在這次的模擬實驗中，天工大王首次體認到幻境的存在——他發現自己，突然置身於自己所模擬的場景，也就是長江和鄱陽湖的交會處！

在這個幻境中，他見到三個人，正在努力將一塊巨石，推入一個深坑內。

那三個神秘人物，看到天工大王出現，非但一點也不驚訝，反倒立刻開口，請他助上一臂之力，並且特別說明：「此石成分怪異，含有劇毒，不能沾水，甚至一遇水氣，毒便四散，雖粒米之微，便能令千萬人患癔病，無藥可治，為禍極廣。此石如此巨大，足以令天下人盡皆患病，故吾等三人欲將之推入深坑，再以土掩埋，以免它為禍世人。」

不料，巨石落入深坑之後，那三人便不見蹤影，天工大王也隨即「回來」了！

由於這是前所未有的經驗，天工大王原本並不確定，這段似幻似真的經歷，究竟是不是一場夢。直到幾年後，類似情形再度出現，他才終於有了具體證據，證明這種經歷雖然奇特，但絕不是虛無縹緲的夢境。

因為那一次，他從幻境中，帶回了一份「原振俠檔案」，後來又經過許多波折，終於確定原振俠真有其人，並非自己幻想中的產物！

從此以後，天工大王對於幻境的存在，再也沒有任何懷疑，可是另一方面，他對於幻境的本質，仍舊沒有絲毫概念。

天工大王雖然不是科學家，不過，碰到這樣的問題，他所採取的態度，要比許多自認正統的科學家，更具有科學精神。

舉例而言，如果拿這個問題，去請教徐月淨，那麼他老兄的反應，一定是不屑一顧，認為一切都只是唯心的幻覺。

好在，天工大王並未受過「正統科學訓練」，所以他只知道，想要解決一個難題，唯一的辦法，就是鍥而不捨地驗證各種可能性。

於是，他開始針對幻境，做出種種設想，並以自己發明的實驗，一一驗證之。

他首先推想，自己兩度進入幻境的經驗，會不會是一種時光旅行？比方說，他第一次所置身的幻境，時空背景是四千多年前的鄱陽湖畔，至於後來獲得原振俠檔案那次，顯然也是在古代的中國（因此，他曾有很長一段時間，以為原振俠是個古人）。

可是，他卻也非常清楚，時光旅行是多麼不簡單的一件事，早年，他也曾醉心於研發時光旅行機，但經過兩三年的徒勞無功，最後不得不知難而退。

在天工大王一生中，類似的失敗例子少之又少。據我所知，另外一次，是在大約四十年前，他雖然已利用大腦，正確模擬出加速白蘭地變陳的方法，但受限於當時的科技水準，全世界沒有一家實驗室，能替他製造所需要的奈米觸媒，最後落得不了了之，甚至不歡而散。

我之所以說不歡而散，是因為天工大王當年投入這個研究，其實源自一場打賭，可是和他對賭的一方，始終不肯承認他是贏家。（大家如果有興趣，不妨考據一下，天工大王當年的對手，究竟是什麼人。）

言歸正傳，既然提出了「時光旅行」的大膽假設，下一步，當然應該是小心求證。不過，在著手求證之前，天工大王照例先博覽群書一番。

不久他便發現，所有探討時光旅行的科學文獻，都一致認為，時光機或時光隧道，乃是時光旅人不可或缺的交通工具。換句話說，沒有任何科學家，認為光憑大腦的運作，就能達到時光旅行的目的。

然而，這並不代表，從來沒有人提出這樣的理論，比方說，在小說和電影中，就不乏諸如此類的情節，主角睡了一覺或昏了過去，醒來之後，便驚覺自己置身於另一個時代。

天工大王不敢對這些資料，太過認真看待，但仍記在腦海中，留作日後參考。

最後，他將博覽的範圍，擴充到玄學領域，終於有了眼睛為之一亮的大發現。

隨便舉個例子，據說修得「宿命通」的高僧，能夠在入定狀態下，看見過去和未來的景象，就是一種利用大腦的時光旅行！

找到這類的佐證，天工大王振奮不已，立即著手進行實驗。

實驗的方法非常簡單，他將自己關在房間內，面對一具時鐘，開始冥想時鐘的指針，瞬間從三點跳到六點。

然後，他緩緩張開眼睛……

雖然結果早在意料之中，仍令他感到難以置信。他隨即又試了幾次，竟然屢試不爽，不論前往未來或回到過去，都在他一念之間！

但沒多久，他就發現自己高興得太早了。

因為，根據時鐘上的日期，現在應該已經是三天後，可是，他所架設的小型錄影機，仍在繼續拍攝中。

他立刻倒帶，打算觀看一遍，結果不到三秒鐘，倒帶過程已經結束。

天工大王倒抽了一口涼氣，這豈不代表，時間只過了一兩分鐘而已！

結果，在這段兩分鐘不到的錄影中，除了時鐘像故障般亂跳一通，看不出其他異狀。最重要的是，他自己一直端坐在椅子上，並未如他所預期的，出現任何消失或重現的畫面。

這就足以證明，雖然整個過程並非幻覺（因為時鐘的確受到他的心意操縱），可是他的時光旅行理論，絕不可能是正確的！

然而，天工大王並不氣餒，他再接再厲，針對這個神秘的幻境，一遍又一遍大膽假設，一次又一次小心求證。

經過多年的努力，以及無數次嘗試錯誤，他終於對幻境的本質，有了完整的體悟。這個體悟，可簡單歸納成下列六點：

一、幻境不存在於普通的時空，甚至可能根本沒有時空結構。

二、幻境並非由普通物質組成，甚至可能根本不是由物質組成。

三、幻境和我們這個真實世界，在某些情況下，可以有某種程度的互動。（最極端的例子，就是他曾經從幻境中，帶回所謂的原振俠檔案。）

四、正如第一次實驗的錄影所示，當他進入幻境的時候，身體仍然留在真實世界。

五、至於幻境會不會對真實世界造成影響，完全在他一念之間，也就是說，他有絕對的主導權，決定是否讓幻境中的事物，在真實世界實現。

六、最重要的一點，是他終於覺悟到，當他驅動大腦，進行各種模擬之際，其實就是在和幻境進行接觸（只是他本人並未進入）。換言之，那些模擬實驗，嚴格說來並非在他腦中，而是在幻境所進行的，這就代表，他接觸幻境的真正次數，並非兩次，而是多到數不清！

過去幾十年來，天工大王在接觸幻境的過程中，每當有了重大的發明或發現，照例會在第一時間，將之實現於真實世界。可是這一次，遇到金兒這件事，他決定反其道而行，而且為了表示決心，他在離開那個幻境之前，刻意將其中的「氣」通通刪除！

在這個故事的開頭，我就已經強調，天工大王和原振俠的奇特淵源，並非三言兩語所能交代，必須等到時機成熟，才能一口氣說清楚。

現在，總算找到了適當的時機，也總算勉強說清楚了，原來，天工大王獲得原振俠檔案，其實是在幻境中所發生的事。

不過，必須強調的是，「幻境」這兩個字，始終都是我的用詞；天工大王自己，當初所使用的，是另一個不同的名稱（那個波斯文，比較接近漢語的「白日夢」）。

我在這裡，之所以堅持用幻境兩字，當然是有原因的。因為許多年前，當天工大王終於對我開誠佈公，解釋他如何得到原振俠檔案之際，我就立刻驚覺，他所描述的「白日夢」，和我不久前才發現的幻境，極有可能只是名稱不同而已！

可惜當時，我對幻境的探索，才剛剛起步，以致無法和天工大王，進行充分的交流。

大約一年後，我對幻境有了更豐富的認識，以及更深刻的瞭解，偏偏此時他已不知所終。

請注意，這並不表示，我再也沒見過天工大王，否則，我怎麼會對他最近幾年的豐功偉蹟，如此知之甚詳。只不過，在這個故事中，我的出場時間非常晚，所以直到目前為止，大家仍像在讀一個第三人稱的故事。

可是，既然提到了幻境，不妨打鐵趁熱，將一些後話，提前放在這裡交代，在此特別聲明一下，後面就不再贅言了。

話說十多年後，我和天工大王久別重逢，又針對幻境這個題目，做過一次深入討論。這一次，我總算有機會，將自己親身見證的兩樁幻境經驗，對他做個詳細說明。

其中之一，發生在我一再提及的神秘雞場，我稱之為「真實幻境」。大家應該還記得，我們一家三口，曾多次出入這個幻境，並且在其中，見識了神鷹「成精變人」的全部過程。

至於另一個「傳說中的幻境」，嚴格說來是溫寶裕的經歷，我只能算一個旁觀者。然而相較之下，這個幻境的神秘程度，遠超過那座神秘雞場。

溫寶裕出入這個幻境一遭，竟然因此覺悟，許多人——甚至全世界的人——都有可能進入同一個幻境。但是，進入幻境的每一個人，仍舊同時擁有他的真實生活，甚至還有可能，出現在其他不計其數的幻境中。

雖然直到目前為止，我對這兩個幻境，仍有許多無解的疑問，然而，透過溫寶裕這樁經歷，我建立了一個重要的認知：世上並沒有絕對的真或假，只有「有沒有感覺」之分。在任何情形下，有感覺，就是真實，沒有感覺，就等於虛假。

至今我仍記憶猶新，當天，天工大王聽了我這個認知之後，不禁撫掌大笑：「英雄所見略同，根據我的觀察，電腦越來越發達的結果，就是人類越來越真假不分！」

我一時之間，未能體會他的微言大義，天工大王為了讓我溫故知新，特別將他對幻境的六點體悟，又對我講了一遍。

然後，他若有所指地道：「過去，只有像我這樣的少數人，能夠創造幻境和出入幻境，如今，幾乎任何人，都做得到了！」

我終於聽懂了他的意思，腦袋不禁嗡嗡作響。天工大王不愧是天工大王，竟能將神秘至極的幻境，和再普通不過的網站，聯想到一起！

大家不妨自己想想，天工大王對幻境的前五點體悟，是不是和電腦網站的特性，每一點都若合符節？

但我在此必須強調，天工大王這樣說，當然只是一種比喻，並不代表他真的認為，幻境和網站可以畫上等號，然則這個比喻，至少指出一個前所未有的新方向！更何況，如今網路科技越來越進步，在很多方面，真的已經直逼幻境，甚至早已有專家預言，幾十年後，就會有人徹底放棄在真實世界的身份，移居到網路世界，展開「第二生」。

好了，有關幻境的討論，必須適可而止了，否則，在這個故事裡，我的正式出場將會變得遙遙無期！

坦白說，雖然天工大王、雲氏兄弟、戈壁沙漠等人，都是我的舊識，可是這個故事發展到這裡，還真的跟我一點關係也沒有。而且，由於他們保密功夫到家，直到超音波發射器開始運作，我還一直不知道這件事。

不過，冥冥中自有定數，這件事情兜兜轉轉，最後還是轉到了我身上。

且說我剛從塔克拉瑪干沙漠回來不久，就接到了另一位老朋友的電話。

這位老朋友，和胡明、小郭一樣，是真正的老朋友。

他名叫張堅，早在我剛認識他的時候，已經是一位著名的南極專家。

我曾去過南極三次，其中就有兩次和他關係密切（另一次則是「移心之旅」）。我將那兩次奇遇，記述為《地心洪爐》和《犀照》，但因為已經多次提及，在此就省略了。唯一需要提一提的，就是張堅的弟弟張強，其實也在我的記述中出現過，只可惜很快就神秘死亡。

過去這四十多年，張堅幾乎都在南極度過，而且他是典型的科學家，交遊一點都不廣闊，少數幾個好朋友（例如雲四風夫婦），還是我介紹他認識的。

我常感嘆世界真小，這回又再度應驗，因為當天，張堅打電話給我，歸根究柢，還是跟雲四風有關。

不過，在說明張堅為何找我之前，我想先借用「小世界」理論，說說幾個相關人物，彼此之間的關係。

這些人物，包括了我、張堅、天工大王和雲四風等人（嚴格說來還有穆秀珍和雲五風，暫且將他們一家視為同一人）。如果將這四個人的朋友關係，畫成圖解，立刻就能看出來，除了張堅和天工大王這一組，其他人兩兩之間，皆早已是一度朋友。

照常理說，在這種情況下，張堅和天工大王的朋友關係，遲早會從二度晉升為一度。偏偏有些事，就是不能以常理度之，他們兩人不但沒有成為朋友，最後反倒成了死對頭。

還是從張堅的電話說起吧！

張堅聽到我接起電話，劈頭就道：「衛斯理，病早該好了吧？別一直窩在家裡，趕快出來主持正義！」

我一頭霧水：「到底怎麼回事？」

張堅忿忿不平：「那個自稱什麼大王的波斯胡人，竟然蠱惑雲氏兄弟，和他一起毀滅地球！」

如果這句話，出自「誇張大王」溫寶裕之口，我絕不會有任何反應，但張堅是標準的科學家性格，一向有七分證據不說八分話，所以聽到他這樣講，我不禁怔了一怔。

張堅聽不到我的回應，急得在電話那頭，喊了我好幾聲。我這才如夢初醒，道：「到底是怎麼回事，可否從頭說起？」

結果，張堅一口氣，至少講了二十分鐘，才將來龍去脈，大致說了個清楚。

原來，居然有那麼巧的事，過去幾十年來，南極大陸一千多萬平方公里的土地，幾乎都有張堅的足跡，不過最近兩年，他加入了一個研究全球暖化的挪威團隊，所以他的「現址」，是菲克納冰棚上的一座研究站，而菲克納冰棚，剛好位在威德爾海東南岸。

因此，早在「兄弟姐妹號」抵達當天，張堅就從雷達幕上，發現了這艘船，並且很快查出了它的身份。

他立刻聯想到，雲四風應該在船上，可惜取得聯絡之後，才知道是空歡喜一場。

張堅雖然和身為船長的雲五風不太熟，還是熱心問了一下，他們來到南極的目的，以便適時提供協助，不料雲五風卻支支吾吾，說不出所以然來。

張堅不禁起了疑心，收線之後，隨即試圖聯絡雲四風。等到他終於和四風通上話，時間已經過了將近十小時。

雲四風雖然沒有支吾其詞，但他的回答，令張堅更加懷疑事有蹊蹺。

根據張堅的轉述，雲四風是這樣說的：「真抱歉，『兄弟姐妹號』日前借給友人使用，基於承諾，無論我或五風，都無法透露任務內容。」

可想而知，從那天開始，張堅一直密切注意這艘奇船的動向。根據他的監視紀錄，「兄弟姐妹號」曾經離開幾天，然後又重返原地，而在兩三天後，就開始朝四面八方，發射超音波。

張堅這才鬆了一口氣，因為在他想來，「兄弟姐妹號」的任務，不外是探測威德爾海的海底地形，或是魚群的分佈。

可是十天半個月之後，張堅便發覺情況不對勁，因為已經二月中旬，但在「兄弟姐妹號」附近，浮冰卻少得出奇！

起初，他曾懷疑這是全球暖化所導致的反常現象，但經過仔細研究，發現並不盡然！

之前提到過，這個利用超音波干擾結冰的辦法，原理相當簡單，所以張堅稍加推理，就得到了正確答案。

他二話不說，立刻駕駛直升機，直奔「兄弟姐妹號」，三小時之後，降落在它的甲板上。

前來迎接他的，除了船長雲五風，還有天工大王倫三德——這還是張堅第一次，見到這位「波斯胡人」。

千萬不要以為，既然有三個小時可以利用，張堅抵達之前，超音波發射器已經隱藏妥當。道理很簡單，天工大王一向明人不做暗事，而且退一萬步來講，即使他有心這樣做，恐怕五風船長也不會答應。

天工大王早已獲悉張堅的背景，為了解除他的疑慮，決定對他知無不言。

沒想到，張堅聽到一半，臉色已經很不好看，勉強聽完之後，隨即將科學家的直率性格，發揮得淋漓盡致。

簡單地說，張堅不但明白表示，自己徹頭徹尾無法接受這個理論，而且毫不客氣，用了「自作聰明」、「異想天開」甚至「鬼迷心竅」這些形容詞，來忠實表達自己對這個計畫的看法。

話說回來，張堅身為科學家，當他堅決反對一件事，自然不會僅僅基於直覺。事實上，當天他一口氣，就講了七八個有根有據的理由。

例如他認為，天工大王的經脈理論，以整個地球為考量尺度，因此模型過於粗略，忽略了許多區域性細節，所以雲四風擔心的蝴蝶效應，的確很有可能出現！同理，這個計畫並未考慮地區性的生態平衡，如果這一帶海域，到了秋季仍不結冰，海水失去屏障，必定溫度劇降，令許多水中生物，難逃凍死的命運。

而最重要的一點，是張堅掌握了第一手資料，瞭解威德爾海周遭的幾個冰棚，並沒有天工大王想像中那麼堅固，在超音波長期影響下，天曉得會發生什麼樣的災變。

天工大王耐著性子，聽完這些反對理由，霍地站了起來，用地道的北京話，冷冷說了一句：「道不同不相為謀，後會有期！」隨即憤而離席。

身為船長的雲五風，只好硬著頭皮，收拾這個尷尬局面，親自將張堅送上直升機。一路上，張堅還不肯放棄，試圖說服他別當幫兇，五風只能一面苦笑，一面搖頭。

結果，張堅在登上直升機前，終於惱羞成怒，撂下一句狠話：「別以為這裡是公海，你們就能為所欲為！」

當天我在電話中，聽張堅講到這裡，已知事態非同小可，連忙勸道：「天工大王大有來頭，你可千萬別輕舉妄動！」

張堅的聲音，聽來氣急敗壞：「怎麼，連你也站在他那邊？」

我不跟他一般見識，仍好言好語道：「話不能這麼說，我只是覺得，你不該一味唱反調，至少應該給他一次機會！」

張堅語氣相當激烈：「如果有人說，將人類消滅，就能拯救地球，你會不會給他一次機會？」

我這才明白，張堅心意已決，忙問：「你究竟打算怎麼做？」

張堅吁了一口氣，一字一頓道：「你是我最後的希望，如果連你都勸不了那個波斯胡人，我只好號召全世界的環保船隻，齊聚南極，聲討人類公敵！」

I / 5

壹之五

禁制

如今在網路上，很容易找到一則附有照片的記載，內容是說十九世紀，考古學家在埃及古城阿比杜斯（Abydos）一座古廟的橫樑上，發現了一幅古怪之極的浮雕，雖然當時誰也看不懂，可是如今，即使是小學生，也能一眼分辨，其中有一架直升機，還有一艘潛水艇。

幾年前，溫寶裕上網找到這張照片，立刻打電話給我，興奮地道：「看來，這一定也是魯巴的發明！」我則表示完全同意。

小寶所說的魯巴，是一個三千年前的古埃及人，不過直到目前為止，他仍然擁有非人協會會員的身份。

但這並不代表，非人協會已有三千年的歷史，因為魯巴的會員資格，是在幾十年前才被認定的。

過去，我曾不只一次提到，在非人協會的古怪成員中，有一個「死了三千年的人」，正是指這位魯巴先生。

當年，推薦魯巴入會的人，是非人協會的資深會員卓力克。

算起來，非人協會的六位資深會員，要數卓力克和我交情最淺，僅有一面之緣，所以我只知道，卓力克之所以擁有「非人」資格，是因為他對沙漠的瞭解，遠超過世上所有專家的總和。

（在我的早期記述中，曾經提到一位沙漠專家，號稱「沙漠中的一粒沙」，但正所謂物極必反，卓力克當然沒有這一類的外號。）

據說，卓力克是在二次大戰時期，無意間發現了魯巴替自己打造的地下金字塔，而在那座深藏於黃沙之下、鬼斧神工的建築內，最值得一提的，除了看來活生生的魯巴遺體，就是他生前所寫下的無數手稿。

只可惜，由於沙漠充滿了變數，卓力克最後，只有機會攜出其中兩卷，其餘百分之九十九，全部埋葬在漫漫黃沙中。但鑽研那兩卷手稿的結果，已使得卓力克百分之百確定，魯巴的科技知識，不但遙遙領先他自己的時代，甚至超越了二十世紀的人類。

比方說，卓力克發現其中有一段話，幾乎可以斷定，就是在敘述狹義相對論。此外，那兩卷手稿還多次提到，太陽能和聚變核能的普遍應用。

至於魯巴是如何獲得這些知識的，他在手稿中，也曾略微提到，說那是「來自祖先遺留下的遙遠記憶」。

針對這個耐人尋味的說法，卓力克曾花了一番苦心追根究柢，最後的結論是，魯巴所謂的祖先，很可能是早已神秘消失的上一代地球人。

於是此後幾十年間，卓力克廣泛蒐集上一代地球人的資料，甚至因此成了亞特蘭提斯專家，因為在許多傳說中，「上一代地球人」和「亞特蘭提斯大陸」，幾乎可以畫上等號。

而我之所以在卓力克晚年，有機會和這位傳奇人物見上一面，也是因為他在我的記述中，讀到了幾則有關上一代地球人的記載。

在我和他見面後不久，就傳來他的死訊。卓力克死於一九七二年初，享壽八十七歲。

對我而言，有關和卓力克見面的經過，已是塵封多年的記憶。如今，這些塵封記憶，一股腦兒湧現出來，當然其來有自，請容我慢慢道來。

且說連我自己也很難相信，過了兩年隱居生活之後，第一次出遠門，竟然是在半推半就的情況下，陪同老友胡明，前往塔克拉瑪干沙漠，造訪一座神秘古墓。

但我更難相信的是，當我和地獄十二花之一的烏曇，終於面對面之際，竟然沒有任何劍拔弩張的氣氛，而白素對她的好感，也明顯寫在臉上。

不過，在胡明眼中，烏曇卻和透明人無異，因為那些以埃及象形文字寫成的密碼文，早已佔據他全副心思，以致他一心一意，只想儘快看到更多的手稿。

就連烏曇誠心誠意，邀我們先看看那尊陪葬的人偶，胡明也表示興趣缺缺，勉強看了幾眼，立刻要求烏曇兌現諾言，讓他開始鑽研那些手稿的真跡。

我和白素，則對那尊站在石棺旁的人偶，留下了深刻印象。相較之下，棺中的「木乃伊」反倒沒什麼看頭，反正差不多都是那個樣子。

那尊和真人等高的人偶，製作得十分精美，外表栩栩如生，而且歷經數千年，依舊完好如初。然而，這些並不是重點，真正的重點是，根據電腦斷層掃描，人偶內部充滿相當精密的機械裝置！

可惜的是，由於那尊人偶，已被認定為「國家重點文物」，即使是文物特警隊的烏隊長，也無權下令拆解，只能進行非破壞性的檢驗。

即便如此，我一看到那些透視圖，心裡已經有了底，這個三千年前的機器人，和戈壁沙漠的祖師爺，多少一定有些關係！

因為一兩年前，戈壁沙漠才向我透露，他們的祖師爺是一位西域胡人，善於製造精巧的人偶。想到這裡，我忍不住對白素耳語：「早知道，應該帶戈壁沙漠一起來看看！」

站在一旁的烏曇，似乎聽到了這句話，她雖然並未答腔，但做了一個一閃即逝的古怪表情。

參觀過陪葬人偶之後，烏曇問：「兩位對於墓主的ＤＮＡ鑑定，不知有沒有興趣？」

一時之間，我險些以為自己聽錯了，近年來，只聽說ＤＮＡ鑑定大量用於犯罪偵查，從未聽說在考古領域也能派上用場。難道是我孤陋寡聞，不知科技已突飛猛進，就連千年古屍身上的基因，也有辦法取樣化驗了？

但我並未直接提出這個問題，而是迂迴問道：「上級不准你們動那個人偶，卻批准你們解剖墓主的屍骨？」

烏曇淡淡一笑：「如今考古人類學的ＤＮＡ鑑定，對遺骸的影響，可說微乎其微。」說到這裡，她開啟了電腦，道：「衛大哥如果有興趣，不妨看看採樣的全程錄像。」

我揮了揮手：「不必麻煩了，我只對結果有興趣！」

於是幾秒鐘後，電腦螢幕上，便出現了ＤＮＡ鑑定的結果。但我只看了一眼，就綳起臉孔：「抱歉，我們不是這方面的專家，看不懂這些原始資料。」因為畫面上，並沒有任何文字，盡是一串又一串起起伏伏的波形。

烏曇做了一個歉然的表情：「我以為若不出示原始資料，不足以取信衛大哥！」

聽到這樣的回答，我不置可否地攤了攤手，好在烏曇又道：「請放心，我會親自替兩位詳細解說。」

烏曇的解說，不但詳盡，而且專業之極，所以老實講，我和白素都只聽得一知半解。不過，結論的部分，則是任何人都聽得懂：ＤＮＡ鑑定的結果，這位已有三千歲的無名墓主，基因和其他的塔里木乾屍相當接近，所以顯然也是那個神秘人種的一員。

在此之前，我已經從良辰美景那裡，獲悉了塔里木乾屍的傳奇，可是我只知道，學界的主流看法，認為這批神秘人種，應該屬於印歐民族的一支，因為他們的顱骨，擁有「高加索人種」的眾多特徵，和「蒙古人種」則相距甚遠。

萬萬沒想到，沉睡數千年的ＤＮＡ，一旦被喚醒，立時令考古學家跌破眼鏡！

原來，這些乾屍的基因，可說是不折不扣的古代聯合國：歐、亞、非各地人種的特有基因標誌，幾乎都能在他們身上找到——這位墓主當然也不例外！

即使我對考古人類學，只有皮毛的認識，也能瞭解這代表什麼意義！

這就代表，三四千年前的地球，各個大陸之間的交通，遠比我們想像中發達得多。否則，不可能在亞洲內陸中央，出現這樣一個「國際性都會」。

當下，我立時聯想到，這個大發現，也為傳說中的周穆王西遊，提供了重要佐證。因為過去許多歷史學家，之所以認為那是神話，最主要的原因，就是根據歷史記載，當時根本還沒有什麼絲路（那是將近一千年後的事），周穆王如何浩浩盪盪，一路從中原遊歷到中亞？

光是這個體悟，已經令我覺得不虛此行，更何況，我還親眼見到了一個耐人尋味的古代機器人！

等到我回過神來的時候，發現白素正全神貫注，盯著電腦螢幕，而烏曇仍在旁邊，仔細替白素解說。

可是當我將視線，移到電腦螢幕上，卻不禁怔了一怔。

畫面中間，是一尊橫放在平台上的人偶，和我們剛才參觀的那尊，幾乎一模一樣。

我之所以用幾乎兩字，是因為畫面中的人偶，明顯遭到了拆解，以致體內的精密零件，一一清晰可見。

這究竟是怎麼回事？

我還來不及開口發問，自己已經想到了答案——畫面中那尊人偶，想必不是此地這個「國家重點文物」。

但我隨即發覺，這個答案引來了更多的問題：那尊人偶又是何時何地出土的？為何沒有也被列為重點文物？是什麼人將它拆解的？拆解之後，發現了什麼秘密？

不過，由於白素正聚精會神，聆聽烏曇的解說，我當然不便打岔，只好耐著性子，從中間聽起，一面聽，一面運用自己的想像力，將前面的空白補齊。

等到烏曇解說告一段落，我也連聽帶猜，弄懂了整件事的來龍去脈。

用最簡單的方式來說，那尊人偶竟和良辰美景關係密切，因為它的出土地點，正是她們前去取寶的那座西周古墓——更精確地說，是其中一個精巧之極的密室，如果不是她倆炸坍了地道，不會有人知道它的存在，就連齊白也不例外。

我原本以為，密室一定是文物特警隊，搶救良辰美景之際，無意間發現的，怎知繼續聽下去，才明白並非那麼回事，其實是有人搶先一步，進了這個密室，偷走了那尊人偶！

直到大半年後，文物特警隊展開跨海追緝，才終於人贓俱獲。唯一的遺憾，是那尊珍貴無比的人偶，已被大卸八塊，再也無法還原了。

看到這裡，想必大家和我當時一樣，已經猜到那名大盜的身份。沒錯，除了湯達旦，不可能還有第二個人，有這個本事！

至於那尊人偶的來歷，烏曇的看法和我一樣，應該就是當年周穆王，從西域帶回的那個會唱歌跳舞的機器人。

這豈不進一步證明了，戈壁沙漠的師承傳說，可信度極高！甚至很有可能，這座沙漠古墓的墓主，正是戈壁沙漠的祖師爺——偃師！想到這裡，我更加覺得不虛此行，由衷地向烏曇說了聲謝謝。

不料烏曇臉上，竟出現一個似笑非笑，似嗔非嗔，總之十分難以解讀的表情。

但不待我開口，白素已經先問：「大家一見如故，有什麼話不能直說？」

烏曇還是猶豫了一下，才道：「這件事……我想埋怨衛大哥一句。」

我做夢也想不到，她要說的居然是這句話，不禁怔了一怔，但我很快就恢復了鎮定，一字一頓道：「只要言之有理，我虛心受教。」

烏曇終於不再有顧忌，不疾不徐，一口氣道：「衛大哥當年，認為我們是落後國家，政權腐敗，官賊勾結，可以公然把博物館中的文物盜賣出去，所以寧願讓齊白所發現的古墓，繼續長埋地下，等到我們『知道什麼是道德時再說』，這點我們雖不苟同，至少勉強能夠接受。可是，為何十幾年後，我們以實際行動，證明我們越來越懂得珍惜文物，衛大哥卻走回頭路，指使小朋友——恕我直言——做了不道德的事？」

聽完這番話，我相信自己臉上的表情，要比烏雲剛才的「似笑非笑，似嗔非嗔」，至少豐富了十倍。

我一生經歷過無數大風大浪，可是我敢保證，從來沒有一次，像現在這樣，令我感到如此不知所措。

坦白說，直到下筆之際，我仍舊無法肯定，烏雲這番話，究竟是順其自然有感而發，還是經過了精心的設計。

事後我曾冷靜回想，若非她說這番話的時間、地點、場合甚至氣氛，無一不是再恰當不過，我的反應一定是二話不說，拂袖而去。

可是，當時的我，只感到整個人成了泥塑木雕，就連大腦的運作，也幾乎處於停擺狀態。

我啞口無言地怔在那裡，潛意識中，總覺得白素會開口打圓場，幫我渡過這一關，萬萬沒想到，當我向她望去之際，白素竟和我一樣，緊緊抿著嘴巴。

不知過了多久，我才終於聽見從自己口中，迸出了八個字——那是相當奇特的一種感覺，彷彿說話的人，並不是我自己；又好像我自己一分為二，一個說話，另一個在聆聽。

我說的八個字是：「人非聖賢，孰能無過！」

烏曇立時露出無限歡喜的表情：「太好了，衛大哥一言九鼎，當然不必擊掌為誓了。」

我則無言以對，只能苦笑。

如果有人覺得，這一來一往，簡簡單單兩句話，太過「高手過招」，我願意在這裡，再做一些補充。

我用那八個字作為回答，其實就代表，默認了烏曇對我的指控。因為我覺得，好漢做事好漢當，沒有什麼好辯解的（反正我早已公開承認，就嚴格的道德標準而言，自己是個正邪難分的人物）。另一方面，雖然我對於烏曇所說，他們越來越懂得珍惜文物，並不能完全接受，可是一來，這時若挑剔她這句話，只顯得我其器小哉，二來我必須承認，烏曇所領導的文物特警隊，這些年來多多少少，的確做了一些事。

此外，在這八個字後面，其實還有八個字的潛台詞，只是我無論如何拉不下老臉，讓這八個字從我嘴裡吐出來。

所以烏曇把握住這稍縱即逝的機會，趕緊用「一言九鼎」四個字將我套住，意思自然是說，她接受了我的承諾。

這樣一來，我手中那份齊白檔案，無形中就成了一件紀念品，對她再也不會構成威脅了。

平心而論，不管烏曇是善用時機，將隨機應變的本領發揮到極致，或者整件事，是她的精心策劃，如今我都必須在此，對她表示衷心佩服！

可是當時，我只覺得自己似乎著了她的道，隱隱感到有些不悅，打算說幾句場面話，就和白素告辭離去。反正，我們陪同胡明來此的任務，已經圓滿達成了。

我正準備開口，烏曇卻做了一個抱歉的手勢，隨即側過身，輕聲道：「好，我們立刻過去。」我這才明白，她剛接了一通電話。

雖然我完全看不出來，她將話機藏在身上哪個部位，但這絲毫不值得深究，據我所知，早在十幾二十年前，她的師姐柳絮，體內已能植入一顆微型核彈。

半分鐘後，我們已經走出古墓，回到那座大帳棚內，只見胡明站在一張工作檯前，歡欣鼓舞，雀躍萬分。

胡明一見到我們，立刻抓起一卷手稿，無比興奮地道：「總算破解了，你們絕對想不到，裡面寫些什麼！」

我以最快的速度，衝到工作檯前，胡明將那卷手稿放平，握住一支雷射筆，開始逐字逐句翻譯。

以下，就是胡明的「口譯」，為了存真起見，我儘量保持他的語氣。

> 這份手稿，顯然是一封書信，發信人的名字，發音是 LUBA，收信人則是 YANSHI。不用我說，你們一定知道，古埃及象形文字，也具有拼音的功能。
>
> 從這裡到這裡，是這封信的第一段，大意是說，我寫這封信給你，是因為賜與我們卓越智慧的祖先，昨日再度從天而降，要我對你傳達一個重要信息。
>
> 不過我覺得，最後這一句，或許不該照字面解釋，我的意思是，與其說 LUBA 真的

見到什麼祖先從天而降，不如說他是在特殊狀況下，例如冥想或夢境中，獲得了天啟。

第二段，從這一行開始，內容相當長，而且和第一段的內容，似乎並不連貫，起初我也有些疑惑，後來才明白了其中的道理。

第二段的內容，主要是盛讚這位收信人，他所製造的人偶，技術高明之極，超越了當時當代其他的巧匠。你們看，這幾個字，相當於中文的「可喜可賀」。信中舉了幾個例子，例如那時的印度，雖然也盛行木製人偶，但精巧和亂真的程度，遠比不上YANSHI的作品，至於波斯就更不用說了。甚至連傳說中，北方大島上的巨形銅人，LUBA相信也相形見絀。

我猜，他所說的北方大島，應該就是指克里特島，因為根據希臘神話，的確有個叫作泰洛士的銅人，駐守在上面，最後被尋找金羊毛的英雄摧毀了。由此即可推斷，寫這封信的LUBA，應該是埃及人沒錯，否則不會使用北方大島這種地名。

當然，我相信貴單位也早已化驗過，這些手稿的原料，絕對是道地的埃及莎草。總而言之，種種證據都顯示，這封信曾經跨越了幾千公里的距離。

第三段的內容，又回到了祖先的啟示，LUBA再次強調，我們——我想是指「彼此」

的意思——之所以擁有超越時代的智慧，追本溯源，都是偉大的祖先所賜與的，所以祖先的命令，絕對不可違背。這段話寫得頗有文學技巧，顯然是要收信人先做好心理準備。

果然，最後這一段，短短兩行字，以相當強烈的口吻，傳達了一則禁令：從今以後，再也不得製造任何人偶！

整封信至此結束，最後一行則是LUBA的署名，但在署名之上，有一個相當特殊的頭銜，我一時之間，還找不到正確的意思，很可能是當時的法老，賜給他的封號。

胡明所解譯的密碼文，當然不只上面這封信而已，事實上，十幾卷莎草紙，每一卷都是一封「魯巴致偃師書」。

但我認為，只要公佈了這封信，就能將所有的謎團，解開十之八九。其餘的兩三個謎，我們找遍了所有的手稿，都找不到答案，所以頂多只能假設一番。

第一個謎，就是魯巴所謂的祖先，到底是不是如卓力克所說，就是上一代地球人？或者，還有其他可能的解釋？

如果是前者，那麼據我所知，這些祖先，並非住在什麼亞特蘭提斯大陸，而是早在二十萬年前，已經移居到土星環（嚴格說來，只有三千人移民，其餘絕大多數人，不久之後盡數死於一場大戰）。

但是，還有沒有其他可能呢？當然有！

比方說，在我看來，三千年前的魯巴，和一百年前的愛迪生，彼此有許多類似的地方，而我早已肯定，愛迪生之所以能成為大發明家，乃是「天堂基因」在他體內復甦的結果。

由此推想下去，那麼魯巴死後，靈魂想必也回到了天堂星？

但我覺得應該就此打住，因為這些推想，只能算是沙上城堡，並沒有太大意義，還是趕緊討論第二個謎，來得比較實際。

第二個謎，就是魯巴和偃師，究竟是什麼關係？

根據這封信的口氣，最直接的猜測，就是兩人有著師徒關係。

如果有人質疑：「埃及和新疆的直線距離，至少五千公里，遠在三千年前，兩人如何能成為師徒？」那就代表他忘了，我已經說過，古代交通發達的程度，遠遠超過我們的想像。

事實上，如今有越來越多的考古證據，證明不但舊大陸各洲，早已彼此交流密切，甚至非洲和美洲的海上交通，也早在大金字塔時代，就已經展開了。

不過話說回來，對於魯巴和偃師的關係，我有另一個看法。我認為，魯巴當年的地位，相當接近今日的天工大王——甚至不無可能，他就是第一代的天工大王——所以當然有資格，號令全天下的藝匠。

這就代表，我認為除了偃師之外，當年一定還有其他的巧手匠人（例如倫三德的祖師爺？）收到了類似的信件，而他們都乖乖遵奉號令，沒有任何人違背魯巴的意思。

於是乎，古代傳說中，那些精巧無比的機器人，很快就在世上絕跡了。直到三千年後的今天，都還沒有真正復活——我曾說過，當今的機器人，在我眼中都只是大型玩具。

討論到這裡，其實已經引出了第三個謎：那些上一代地球人，為什麼要透過魯巴，對當時全世界的巧匠，發佈這樣一道禁令？

我想來想去，唯一的合理答案，就是他們相當深謀遠慮，不希望在地球上，出現由機器人主宰人類的情況。

可惜我也已經知道，他們這份苦心，最後仍舊功敗垂成！

* * *

老人道：「在那時候，人是主宰，機器是附從，可是漸漸地，情形改變了，人將機器作為玩具，越玩越精，對機器的依賴，也越來越甚，終於出現了物極必反的情形，機器掉轉頭來，主宰了人！」

——摘自《玩具》

II / ⑤

貳之五

逆襲

我在那時，首先想到的是什麼呢？我想到了白居易在李白墓前所作的詩句，所興的感嘆：「可憐荒壟窮泉骨，曾有驚天動地文。」

接著，我想到的是……那個小機械人死了。用現實世界的觀點來看，機械人本來沒有生命，無所謂死或活。但是，那種小機械人來自未來世界，現在世界的文字和語言，無法對它有確切的形容。

所以，我想到，那個小機械人死了。若論死亡情況之慘，那麼，它的死法自然列為一級，因為那是名副其實的粉身碎骨。

——摘自《圈套》

螺旋梯雖然不算很常見，但想必人人都不陌生。

從建築學的角度而言，這是最節省空間的一種樓梯，因為它沿著一根柱子盤旋而上，頂多只佔用一兩平方公尺的樓板面積。

沿著螺旋梯上下樓，有時每轉一圈，會覺得彷彿回到了原點，那當然只是錯覺，因為高度一定有了變化。只要耐心多轉幾圈，一定能夠抵達上一層或下一層。

記得有一位高中老師曾經告訴我，雖然有關時空的現象，看不見也摸不著，可是，偶爾仍能找到一些日常生活中的事例，當作類比。例如只需要用到彈簧床和鉛球，即可解釋愛因斯坦廣義相對論的精義。

後來我發現，螺旋梯也是個很好的類比——類比的對象，是時光旅行！

雖說直到今天，地球人的科技，距離真正實現時光旅行，還遙遙無期，但是過去半個世紀，相關的理論早已有如雨後春筍。（想當年，天工大王為了探究幻境的本質，就曾仔細研讀相關的文獻。）

這些理論，雖然只能算紙上談兵，但據說在學理上，絕對站得住腳，換句話說，研究這些理論的科學家，都堅信造出時光機或時光隧道，只是時間上的問題而已。

在這些琳瑯滿目的紙上發明中，有一個相當熱門的款式，和螺旋梯關係十分密切，我的老友史蒂芬教授，稱之為柱狀時光機。

使用柱狀時光機的方法非常簡單，你只要緊貼著它轉圈圈，每轉一圈，雖然在空間上回到原點，但是在時間上，則會出現若干偏移。比方說，如果順時針轉一圈，會回到昨天，那麼反時針轉一圈，就會把你帶到明天，而無論正轉反轉，在旁邊的人看來，你都是憑空消失無蹤。

這種時光機，是不是很像一座「時空螺旋梯」？

我之所以能將這種時光機，描述得活靈活現，甚至能想到螺旋梯的類比，並不是因為我對它的物理原理有任何瞭解（那超出了我的知識範圍），而是因為我有極其難得的實務經驗。

還記得嗎，我對史蒂芬教授說過，自己曾經兩度往返未來，其中第二次，是透過一種逆轉裝置進行的。後來他告訴我，那個所謂的逆轉裝置，一定屬於柱狀時光機的一種。說來相當可笑，三十年前，我在《玩具》這本書中，對那個逆轉裝置，描述得避重就輕，正是因為它的運作太簡單，我怕照實寫出來，反而沒有人相信，如今回顧，不免覺得這種心態十分幼稚。

三十年後，我已深深體悟，想要取信於人，有什麼說什麼才是最好的辦法。因此，我在撰寫這套回憶錄之初，早已打定主意，要將所有的事件，儘可能寫得深入而透明。

所以接下來，我將用這個一以貫之的方式，繼續講述羅開和小寶，遠征土星的奇遇。

如果有人因為情節「太過簡單」或「太過巧合」而不相信，那我也愛莫能助了。

言歸正傳，自從羅開和小寶出發後，半年多來，康維不但每天和他們聯絡，更重要的是，他的電子腦幾乎時時刻刻，都和「莎莉號」太空船，保持聯線的狀態。

（不過，由於土星和地球距離實在太遠，訊號總有幾十分鐘的延遲，無法做到即時通話，只能輪流發送訊息。）

直到發射後二百七十五天，才第一次發生斷訊的情況，好在很快便恢復正常。

當時，「莎莉號」正離開那個帶有死亡氣息的神秘環縫，繼續探索最內環的區域。

不料，此後幾小時，斷訊的情況頻頻發生，而且越來越嚴重，半天後，彼此的通訊終於完全中斷。

話說回來，當時雙方並沒有太擔心，都以為這個現象，只是由於越接近土星，電磁干擾越嚴重所致。正因為如此，康維並未將這件事，當作緊急情況通知我。

可是，日子一天天過去，「莎莉號」早該脫離土星，展開回程，雙方之間的通訊，竟然始終沒有恢復！

康維這才驚覺大事不妙，將這個壞消息，打電話通知我。我的第一個反應，就是原振俠事件恐怕再度重演了！

康維雖然刻意保持樂觀，舉出各種通訊失靈的可能性，但我聽得出來，他的擔心並不下於我。畢竟，正如紅綾所說，即便康維全身都是假的，他的心絕對是真的。

在收線之前，我實事求是地問了一句：「我們的一線希望，還能抱多久？」

康維鄭重其事地答道：「如果只是通訊系統失靈，按照既定計畫，他們應該在八個月之後返回地球。如果還有其他問題，那麼只要氧氣不外洩，他們在太空中，還能多撐十天。」

我重重嘆了一口氣：「只好耐心等下去了！」

可想而知，接下來這段日子，我的心情沉重之極，因為我十分清楚，八個月之後，他們兩人重返地球的機會，實在微乎其微。但我仍舊咬緊牙根，不到最後關頭，絕不將這個訊息，透露給小寶的任何親人。

八個月的時間，很快就過去了，我的悲觀預言，也即將應驗了！

好在這時，另一樁突發事件，分散了我的注意力，否則我只怕會再度精神崩潰。

由於這個突發事件，事態相當嚴重，我必須親自趕往南極，才有可能將一觸即發的大衝突，化解於無形。

就在我整裝待發之際，接到了康維的電話。我劈頭就問：「是不是有好消息？」

不料康維竟然答道：「我也不確定，到底是好消息還是壞消息……」

原來，幾分鐘前，康維突然和「莎莉號」的電腦，重新聯上線。他立刻察覺到，「莎莉號」雖然已經相當接近地球，可是有許多精密機件，都受到了重創，以致無法和上面兩個人，取得進一步聯繫，甚至連他們是生是死，都不敢確定！

我連忙追問：「依你判斷，『莎莉號』能平安返回地球嗎？」

康維給了我肯定的答案：「這點絕無問題，我已經和『莎莉號』恢復了聯線，理論上來說，它就等於我身體的一部分，我有十成把握，能夠引導這艘太空船，安然降落柳絮古堡。」

我像是吃了一顆定心丸：「太好了，什麼時候？」

康維斬釘截鐵：「從現在算起，還有兩天零七個小時！」

我和白素交換了一個眼色，隨即對著話筒，大聲道：「我們立刻出發！」這並不代表我將南極的危機，拋到了九霄雲外，而是兩相比較之下，溫寶裕和羅開的生死下落，在我心中佔了更優先的順序。

於是，當「莎莉號」出現雲端之際，我和白素已在柳絮古堡苦候多時。但直到這個時候，康維仍舊無法和羅開或小寶，取得任何聯繫。

因此不難想像，當康維「下令」開啟艙門時，我的一顆心，幾乎要跳了出來。白素雖然表現得比我鎮定，我仍然感覺得到，她的手心冒著冷汗。

這也難怪，因為康維在下令之前，刻意讓我們先做最壞的心理準備，他道：「從外觀看來，『莎莉號』受創的程度，比我想像中更嚴重！它顯然曾受到劇烈撞擊，船殼很可能一度破裂，勉強靠自我修復功能補上！」然後他才開始集中精神，下達開啟艙門的指令。

幾秒鐘後，艙門緩緩滑開，我立時不顧一切，一個箭步衝了進去。

謝天謝地，我很快就在寢艙內，找到了羅開和溫寶裕！不過他們兩人，竟像是老僧入定般，雙目輕閉，氣息微弱，而且一動不動，維持著盤腿趺坐的姿勢。

我正準備展開急救行動，好在白素及時拉住我，低聲道：「他們並沒有危險，千萬別輕舉妄動！」

唉，我一定是急瘋了，才會沒想到，這是他們兩人，在長途太空飛行中，節省氧氣消耗的唯一方法，不然的話，他們絕不可能活到現在！

果然，我們耐心等了一個多小時，羅開和小寶兩人，便陸續從類似龜息的狀態，清醒了過來。

溫寶裕張開眼睛，看到周圍多了好幾個人，竟然一點也不驚訝，自顧自道：「密宗妙法，真了不起，如果人人都學會，地球就不怕人口爆炸了！」

我雖然猜得出他的意思，但當然不會接口，因為我心中，有太多的疑問，巴不得一口氣問個痛快。

想到這裡，我向羅開望去，羅開擠出一抹苦笑：「一言難盡！」

後來，羅開和小寶在柳絮古堡，以接力的方式，足足講了兩天兩夜，才終於將他們失聯之後的奇遇，從頭到尾講了一遍。

兩天兩夜的口述，如果忠實整理出來，絕對超過五十萬字。所以在這裡，我照例只能長話短說，但是對於幾個關鍵，當然會酌情多做些說明。如果大家看完後，覺得意猶未盡，請鼓勵小寶現身說法，自己寫一本長篇小說。

或許已經有人猜到，羅開和小寶的奇遇，應該是做了一趟時光旅行，否則，我不會在本章開頭，大談什麼柱狀時光機的概念。

這個猜測，大致上是正確的——當「莎莉號」太空船，以螺旋的方式，逐漸接近土星之際，其實已經不知不覺，登上了我所謂的時空螺旋梯。

至於他們展開時光旅行的精確時間點，則是首度發生斷訊之際（事實上，那正是斷訊的真正原因）。換句話說，當他們離開那個神秘環縫之後，便開始繞著一個看不見的柱狀時光機，一圈又一圈打轉。

因此，等到「莎莉號」再度回到那個神秘環縫，根據估計，他們至少在時間軸上，倒退了近兩年之久，也就是說，他們回到了將近兩年前的土星星空。

就是在那個時代，他們目睹了一場星際大戰。

不知大家有沒有興趣猜猜，交戰的雙方，到底是何方神聖？

其中「守」的一方，或許比較好猜，因為溫寶裕前往土星，目的就是要證實他們的存在——沒錯，他們正是我在《環》這個故事裡，所記述的那些上一代地球人（嚴格說來還要加上後裔兩字）。

至於攻方，恐怕就很難猜中了，所以該給大家一點提示：我在本章開頭，已經隱約提到這個既神秘又可怕，而且幾乎所向無敵的黑暗勢力！

他們——或者應該說它們——來自未來世界，就是曾經將我擄去當玩具的那個未來世界！

在此之前，我已經針對這個至少幾百年後的未來世界，做過一些介紹，例如它由電腦和機器人統治，又如當時碩果僅存的人類，都淪為它們的玩具。

我也曾經提到，那個未來世界最常見的一種機器人，身高大約只有二十公分，可是本領高強無比，想當年，我不知吃了它們多少虧，以致直到今天，我仍患有輕微的「小機器人恐懼症」。

但在這套回憶錄中，我應該一直還沒有提到，當初，我從未來世界僥倖逃回自己的時代，並沒有重獲自由的喜悅，因為我仍舊覺得，自己活像一個傀儡，被一組超越時空的無形絲線所操弄，也就是說，我心知肚明，自己並未真正逃出它們的魔掌。

直到十餘年後，我確定那個未來世界，已經土崩瓦解，才終於鬆了一口氣。

不過目前為止，有關「未來世界出了事」這件事，我也尚未在回憶錄中，做過任何討論，所以有必要，在這裡借用一點篇幅。

（如果有人覺得「未來世界出了事」這種說法很彆扭，甚至根本不合文法，我也只能說聲抱歉。據我所知，凡是牽涉到時光旅行的文句，都會出現這樣的問題，所以類似的古怪語法，本章可能層出不窮。這充分顯示了，人類的語言結構，還有很大的進步空間。）

且說在我的眾多記述中，有些彼此關係密切，甚至構成了所謂的上下集，最明顯的例子，就是《密碼》和《解開密碼》。

照這種說法，那麼《圈套》這本書，也可視為《玩具》的下集，因為正是在這個故事中，出現了「未來世界出了事」的確切證據——那些可怕的小機器人，再度闖入我們這個時代，原本很可能掀起一場浩劫，卻在毫無徵兆的情況下，突然一個個碎裂開來，化成數以億萬計的小顆粒。

雖然，我始終不確定那個未來世界，究竟出了什麼事，但因為那些小機器人，再也沒有出現過，久而久之，我自然以為從此天下太平。

萬萬沒想到，如今羅開和溫寶裕，竟然因為遠征土星，又和這個未來世界，再度有了接觸！這個消息，帶給我極大的震撼——而且是雙重的震撼！

因為長久以來，我心中一直藏著一個假設：那些定居土星環的上一代地球人，很可能就是未來世界的終結者。

一來，他們的科技超越我們不知多少年，應該足以對付那個未來世界，二來，所謂血濃於水，他們和我們仍有割不斷的血緣關係，如果明知地球（未來）有難，應該不會坐視不管！

可是，羅開和小寶竟親眼目睹，那些小機器人蜂擁而出，對藏匿在土星環縫中，成千上萬的太空站，展開無情之極的猛烈攻擊，最後將之盡數消滅！

這是否代表，那些小機器人，已經改變了歷史，拯救了它們的未來世界？

這個問題，我暫時沒有答案！

至於羅開和溫寶裕，為何確定他們所經歷的大戰，發生在近兩年前，倒是有現成的答案。

事實上，當他們重返那個神秘環縫，看到艙外的景象，和兩三天前，第一次來到這裡，簡直有天淵之別，兩人心中很快想到同一件事——他們已經回到了過去。

上一次，這裡空無一物，可是此時，在這條細細的環縫上，零星散落著許多太空站（其實應該說都是殘骸，因為大戰顯然已經接近尾聲，那些小機器人，正在收拾戰場，一一將之氣化）。

不過，更重要的證據，則是來自地球。

剛才提到過，在此之前，「莎莉號」已經和康維失去聯絡，但是，小寶始終沒有放棄，還一直試圖接收來自地球的訊號。

這時，他果然收到一束微弱的定向電波，可是，經過電腦的分析，那束電波雖然瞄準土星，卻絕非康維發給他們的——它的來源其實是NASA，這點並不足為奇，然而它的目標，竟是正在接近土星的「卡西尼號」！

溫寶裕早已是土星專家，自然記得早在大約兩年前，「卡西尼號」已經成為土星的「人造衛星」，繞著土星不停旋轉。可是如今，「莎莉號」的電腦明白指出，來自地球的「卡西尼號」，正準備進入土星軌道，這豈不代表，時間又回到了二〇〇四年中！

雖然有了這個鐵證，小寶仍然不願相信，真的已經回到了兩年前。於是，他決定利用「莎莉號」的觀測儀器，找出更加不容置疑的證據。

幾分鐘後，恆星定位的結果出爐，小寶再也沒有任何懷疑了，因為鄰近恆星的相對位置，是最可靠的天文日曆！

看到這裡，也許大家有個疑問，此時「莎莉號」已置身星際戰場，小寶為何還能好整以暇，進行什麼天文測量，難道不必擔心遭到戰火波及？

答案很簡單，而且之前其實已經提過，那就是「莎莉號」的匿蹤性能，可謂百分之百，它非但不會在任何雷達幕上出現，甚至在必要的時候，能夠變成完全的透明體，也就是連肉眼都看不見。否則，它也不可能出入地球大氣層，如入無人之境。

當初，康維之所以在匿蹤性能上，下這麼大的工夫，是因為他很清楚，這趟土星之旅，充滿難以逆料的變數——正如我所說，就連那些上一代地球人，也是敵友難分——為了溫寶裕的安全（當時還不知道羅開也會同行），他決心做好萬全的防範。

果然，這個完美的匿蹤性能，成了羅開和小寶的護身符。他們在誤闖戰區之後，很快就確定，未來世界的小機器人，並沒有發現「莎莉號」太空船。

於是，羅開以船長的身份，當下做了兩點決定：一、「莎莉號」繼續保持匿蹤，絕對不能曝光。二、在時間許可的情況下，儘可能對這場戰事，進行觀察記錄。

不過，大副溫寶裕卻有不同的看法，當時，他是這麼對羅開說的：「我認為，我們不該在這個時間浪費時間！」

羅開揚了揚濃眉，顯然沒有聽懂他的意思，小寶趕緊解釋：「我們既然能夠來到這個時間，就能如法炮製，回到更早的時間！」

羅開蹙眉思索良久，總算露出讚許的表情，接受了小寶的提議。

於是，「莎莉號」再度離開神秘環縫，一面向內飛，一面繞圈子。只不過這一次，他們只繞了幾圈，便再度回到神秘環縫。

因為，根據電腦的計算，上次「莎莉號」在這座時空螺旋梯中，繞了五百六十多圈，結果帶他們回到二十三個月之前。照這個比例，那麼平均每繞一圈，大約會在時間軸上，倒退將近三十個小時。

由於他們並不知道，這場大戰總共打了多久，所以決定先倒退五天，看看當時的情況再說。

當他們再度回到戰場，果然看到完全不一樣的景象。

上次他們來到這裡（時間是五天之後），只看到零零星星十幾座太空站，飄浮在附近星空，每一座太空站，無不百孔千瘡，傷痕累累，而且正在逐漸消失，因為小機器人正成群結隊，射出強烈的雷射光，逐一將之氣化。

然而這一次，呈現他們眼前的，是一長串排列整齊、首尾相接的太空站。溫寶裕看了看雷達螢幕，抬頭道：「原來如此，無數的太空站，排成一個大圓，剛好填滿整個環縫！」

羅開點了點頭：「合情合理！」

話說回來，太空站雖然多，但小機器人的數量更是驚人，透過遠距離鏡頭，他們看得一清二楚，每座太空站，都遭到無數小機器人攻擊，令人不禁聯想到螞蟻雄兵對付大象的畫面！

而在遠方星空，還有更多的小機器人，從一艘艘「運兵船」飛出來，直接投入戰場，不過，只有少數真正飛到了太空站附近，其餘的小機器人，都在半途不知為何突然爆炸。這顯然代表，遭到攻擊的一方，並非完全處於挨打地位，仍有相當強大的防禦能力。

總之目前看來，雙方幾乎勢均力敵，戰事正進行得如火如荼，慘烈無比！

溫寶裕不知不覺熱血沸騰起來，咬牙切齒道：「想想每座太空站內，有多少人命！即使是外星人，我們也不該袖手旁觀，更何況他們……」

羅開雖然也受到了情緒感染，但仍勉力保持冷靜：「看這個態勢，我們即使出手，也於事無補。可是，萬一我們行蹤曝光，後果難以想像！」

溫寶裕重重嘆了一口氣，沉默了幾秒鐘，突然怪叫一聲：「我想到了，我們當然不必現在出手相救！」

羅開脫口而出：「那你打算等到何時？」隨即恍然大悟，改口道：「你的意思是，回到過去，試圖警告他們？」

溫寶裕用力點了點頭，羅開則緩緩搖了搖頭，而且面色相當凝重：「不行，如果我們的行動，改變了歷史軌跡，後果更加難以想像！」

小寶卻無法同意羅開的說法，他滔滔不絕，從各個角度，一口氣至少舉出了十個反對理由。

這些理由包羅萬象，有物理學的觀點、哲學的觀點、神學的觀點，甚至還有「衛斯理學」的觀點，在此當然無法詳加轉述。

反正結果是身為船長的羅開，這回被他的大副說服了。

而羅開之所以回心轉意，最主要是因為小寶這番話：「衛斯理雖然早就發現，未來世界出了事，可是直到目前為止，誰也不知道出了什麼事，更不知道出事的真正原因。你看有沒有可能，未來世界出不出事，和我們去不去通風報信，有著因果關係？依我看，如果不去警告他們，歷史軌跡才真會改變！」

聽完這番話，羅開先是皺起眉頭：「可是這樣做，難免有曝光的危險！」但不等小寶再說什麼，他就已經改變心意：「即使如此，還是值得冒險一試！」小寶立刻發出一聲歡呼。

於是，他們指揮「莎莉號」，第三度進入時空螺旋梯的範圍。這一次，溫寶裕建議至少回到一年以前，好讓守方有充分的時間，準備應付攻方的入侵。

因此，根據簡單的計算，「莎莉號」必須環繞土星，轉上三百圈。

不料，當他們以最快的速度轉完，還沒有返回神秘環縫，溫寶裕已經發現，時間並未回到一年前。

等到無數排列整齊的太空站，終於遙遙在望，更加證明了這個事實，因為他們這次重返現場，時間正好趕上小機器人發動第一波突襲。

溫寶裕望著艙外星空，語帶哭音道：「看來，我們頂多只退回一天而已，這究竟是怎麼回事？」

過不了多久，他們就明白了究竟是怎麼回事。

後來，溫寶裕用了一個生動的比喻，解釋其中的道理：「原來那個時間點，就是時光隧道的盡頭，所以到了那裡之後，無論再轉多少圈，都等於在原地踏步。」

至於「盡頭」為何不早不晚，剛好位在那個時間點，溫寶裕也自有解釋：「這就充分證明，它是未來世界用來偷襲土星環的密道！所以只要通到『攻擊發起日』就夠了，當然不必再向前延伸！」

說完之後，小寶又憤憤地道：「害得我們一籌莫展，束手無策，坐困愁城，最後只好心不甘情不願，放棄了通風報信的打算。」

我接口問道：「於是，你們就反向繞了幾百圈，回到了這個時代？」

小寶點了點頭，隨即又搖了搖頭，卻一直沒有再開口。不久羅開嘆了一聲，道：「其實，並沒有那麼順利！」於是，接下來的經歷，換成了羅開負責敘述。

事實上，羅開剛說「並沒有那麼順利」，我就已經想到，在小寶的敘述中，有一個重大的漏洞：如果「莎莉號」從頭到尾，始終沒有曝光，又為何會遭到重創，以致他們的回程，耽擱了好些時日，而且所有的通訊系統，全部嚴重故障！

八成是後來，不知哪個環節出了問題，導致他們暴露行蹤，遭到小機器人追擊。然而，我實在難以想像，在那種情況下，他們如何還能僥倖逃生？

我胡思亂想了一陣子，等到回過神來的時候，羅開已經開始講述這段故事。不久之後，我就發現，自己的猜測和真實狀況，差了十萬八千里。

直到最近我才想到，這個真實狀況，也可以用一個比喻來說明：在一座普通的螺旋梯上，如果同時有人上樓，又有人下樓，就有可能發生相撞的情形。同理，在時空螺旋梯中，也會發生類似的意外，正轉和反轉的兩艘太空船，的確可能一不小心撞在一起。

不過「莎莉號」所經歷的意外，還要更複雜一點，因為實際上，它是自己跟自己相撞。如果說得更明確些，就是「前往未來的莎莉號」和「回到過去的莎莉號」彼此相撞。

依照時光旅行的邏輯，這確實是可能發生的情況，但只要仔細想想，就會發現其中隱藏著一個因果問題：「莎莉號」應該和自己，相撞幾次才對？

正確答案，當然應該是兩次，可是在溫寶裕的敘述中，完全沒有提到，「莎莉號」在此之前，曾經和任何太空船相撞。

對於這個問題，小寶同樣用比喻來回答：「你想想，兩架一模一樣的飛機相撞，即使彼此速度相同，受創程度也可能天差地遠。頭一次，我們的確感到擦撞了什麼東西，偏偏雷達幕上，連個鬼影也沒有，我們打破頭也想不到，那個隱形物體，竟然就是我們自己！」

羅開接著說了下去：「因為當時，只有尾翼輕微受損，『莎莉號』的自我修復功能，很快就處理妥當，我們也就沒有放在心上。沒想到，回程第二次相撞，卻是機腹被齊中劃開幾公尺！

「我們雖然很快想通了前因後果，可惜為時已晚。幸好『莎莉號』安全係數極高，在受創這麼嚴重的情況下，還能勉強撐回地球，否則我和小寶，早已命喪太空。」

聽到這裡，我對羅開作了一揖，由衷地道：「不，應該說多虧了你，小寶才能平安歸來！」

溫寶裕立刻接口：「此話有理，我決定從今以後，改口以恩公相稱。」

白素則打趣道：「不如將來讓你的小小寶，認羅開當乾爹，來得更實際些。」可想而知，這句話引來一陣歡笑。

笑聲方歇，羅開揮了揮手，表情嚴肅地道：「我早就說過，小寶自小跟我有緣，這次的土星行，也自有因果在！經歷了這趟生死大關，超渡了那些星空亡魂，我終於確定，自己塵緣已了。」說罷，他一躍而起，頭也不回，快步走出了柳絮古堡。

我望著窗外羅開的背影，不知怔了多久，才聽見小寶的催促：「好了，我們也趕緊出發吧，剩下的細節，我在路上再說給你聽。」

III / 5

叁之五

決裂

我曾經半開玩笑地說，無論誰踏上南極大陸，都應該改講「世界語」，才能彰顯它不屬於任何國家或民族，而是全體人類的公共財。

事實上，這塊終年冰封的大陸，自從幾千萬年前，和當今的澳洲、南美洲陸續分家，就一直是遺世獨立的樂土，從來沒有被人類真正征服。

到了一九五九年，南極公約簽訂之後，南緯六十度以南，更是再也沒有任何國家，能夠宣稱領土的主權，而南極圈內所有的海域，自然成了名副其實的公海。

四十多年來，這片公海始終太平無事，從未出現任何糾紛或衝突，可是如今，至少有十艘屬於各大環保團體的船隻，從世界各地，向這片「太平洋」集中。它們都是應張堅博士之邀，前來阻止一件毀滅南極生態的暴行。

當我和溫寶裕，駕機飛抵威德爾海上空之際，看到的正是這個劍拔弩張的陣仗。

算起來，這是我生平第四次來到南極，也是第二次，和溫寶裕一同駕機前來。

只不過，這一次，溫寶裕堂而皇之坐在我旁邊，不像二十多年前，必須偷偷躲在小飛機的後座，當一名見不得天日的偷渡客。

二十多年的時間，變化實在太大了！想當年，溫寶裕只是個十二三歲的少年，成天像鼻涕蟲般黏著我不放，但不知不覺間，他逐漸在我的冒險生涯中，成為不可或缺的一員，重要性和白素、紅綾不相上下。

甚至可以說，如果世上沒有溫寶裕這個人（或者我從未認識他），那麼我後半生的經歷，至少有一半需要改寫，另一半則會完全不一樣！

最現成的例子，就是不久前，他才替我完成了一件艱難之極的任務——冒險飛往土星，考據《環》這本書的真假。

一開始的時候，我並不支持這個行動，不過，那是由於我認為，根本沒有必要冒這個險，因為在我內心深處，從來未曾懷疑過《環》的真實性。

縱然在此之前，早已有不少人（包括小寶在內），指出《環》這個故事，有許多說不通的地方，但我始終堅持，全部是我的真實經歷，甚至連藝術加工的成分都很少。

這個堅持，逐漸成為一種偏執，後來即使有明顯的證據（例如「卡西尼號」拍攝的土星環照片）擺在我眼前，我也視而不見。

平心而論，溫寶裕這一趟土星之旅，最大的成就，就是解除了我這份偏執。

但必須強調的是，這並不代表，他和羅開帶回了什麼不容置疑的鐵證。事實上，就連「莎莉號」的航行日誌，以及所有的影像紀錄，也都由於那場「空難」而毀壞殆盡。

套句陳腔濫調，他們兩人能活著回來，已經是不幸中的大幸。

小寶曾就這件事，哭喪著臉道：「過去我一直以為，這種死無對證的結局，只有三流作家和五流編劇，才寫得出來，做夢也想不到，自己竟然也會碰上。萬一傳到徐月淨耳朵裡，他會怎麼想？我現在最怕的，就是收到他的電郵！」

我安慰他道：「徐月淨怎麼想，一點也不重要，重要的是，我願意相信你！」

小寶這才破涕為笑：「真的嗎？能令冥頑不靈的衛斯理頑石點頭，我也就不虛此行了！」不用說，我當然狠狠瞪了他一眼。

就這樣，在趕赴南極途中，我幾乎一直和小寶，討論他的土星歷險記，後面若有需要，將會隨時補充。現在，為了避免喧賓奪主，我覺得應該言歸正傳，回到這趟南極之旅。

我之所以萬里迢迢趕到南極，當然並非愛管閒事（我早就戒掉那個壞毛病），而是覺得事態嚴重，非親自出馬不可。

因為，對峙的雙方都大有來頭，一方是擁有通天徹地之能的天工大王，另一方，則是學術聲譽極高的南極科學家張堅。天工大王有雲氏工業當後盾，張堅則能一呼百應，動員全世界的環保團體，萬一雙方真的硬幹起來，勢必落得兩敗俱傷的局面。

更何況，張堅當初在電話中，已經把話說死了：除非天工大王及時收手，否則他會立即進行聲討行動！

可是，根據我對天工大王的瞭解，此人的決心和意志力，天底下沒幾個人比得上（連我都自嘆弗如），所以絕對不可能，憑著我一通電話，就說動他回心轉意。

因此，當天和張堅結束通話之後，我趕緊動用關係，借到一架性能優異的小飛機，準備和白素直飛南極。

但正如前一章所說，由於康維臨時來電，我們毅然改變了行程，決定先飛到柳絮古堡，迎接歷劫歸來的「莎莉號」，以及其中生死未卜的羅開和小寶。

雖然後來，我和溫寶裕直接從歐洲飛往南極（白素沒有同往，自然另有原因），但仍舊耽誤了好幾天。所以，當我們抵達南極之際，距離張堅打電話給我，已經過了將近一個星期。

這六七天的時間，張堅自然沒閒著，因此這個時候，他所號召的環保船隻，已經各就各位，將「兄弟姐妹號」團團圍住。

我及時和船長雲五風取得聯絡，要他務必沉住氣，一切等我到了再說。

五風的回答令我安心不少，他道：「衛先生放心，我們仔細掃描過，那些環保船隻，都沒有武裝。目前他們只是搖旗吶喊，衝突暫時還不會升高。」

通話結束後，我隨即將無線電，切換到張堅的頻道，表示我打算先將飛機，降落在他們的研究站，然後再借用他的直升機，飛到「兄弟姐妹號」的甲板上。這樣雖然兜了一圈，卻是最快抵達現場的方式。

張堅的口氣，憤怒中帶著驚喜：「你這小子，我還以為你不來了！」

我嘆了一聲，正待回答，溫寶裕卻已搶著道：「衛斯理既然來了，我當然不能不來！張博士，聽說最近許多冰川都融化了，所以我打算，等危機解除後，再做一次南極探險，一定能有意想不到的發現！」

張堅咕噥道：「在你旁邊瘋言瘋語的是什麼人？」

我笑道：「就是二十年前，那個小偷渡客，如今他已長大成人，就差沒當爸爸了。」

張堅的口氣瞬間有了一百八十度轉變，高聲道：「是溫小寶嗎？太好了！我代表全南極歡迎你！」

我吁了一口氣，暗忖，如果天工大王見到溫寶裕，同樣這麼高興，我們的調停任務，就大有希望了。

溫寶裕則比我更樂觀，他已急不及待，開始計畫南極探險的細節，彷彿我們此行的任務，已經圓滿達成。

於是，最後這一小時的航程，小寶的一張嘴，幾乎沒有休息過。我則一面駕駛飛機，一面陪他閒聊。

聊著聊著，話題又觸及二十多年前，我們在南極大陸，所發現的「上一代地球生物」的遺址和殘骸。

溫寶裕似乎有感而發：「我已決定將珍藏多年的那一截標本，捐給華盛頓的史密森博物館。昨天在柳絮古堡，我已經和館方取得聯絡，雙方一拍即合。」

我還以為自己聽錯了：「你怎麼捨得呢？你不是口口聲聲說，它標誌著一份珍貴友誼的起點？」

小寶的聲音充滿感慨：「沒辦法，我怕回家後，一看到那截標本，就會想起在土星環，目睹的那場慘烈大戰。」

我理性地分析道：「你應該非常瞭解，此『上一代』非彼『上一代』，兩者相差了幾億年之久。」我的意思是，那截標本的主人，後來經過考證，是距今七八億年前的地球生物，而溫寶裕所憑弔的那些上一代地球人，則是二十萬年前才離開地球，移居土星環的。

和七八億年的悠悠歲月相比，二十萬年無異於一瞬間！

然而，這句話並未達到開導的目的，小寶仍舊陷入迷思：「但無論如何，都是上一代，我就難免會有聯想。」

我有些不耐煩：「反正你已經答應捐出去，『睹物思人』的機會自然沒了，這就叫眼不見為淨。」說到這裡，我忽然想起一件事，道：「過去二十年來，考古科技進步神速，博物館方面，有沒有表示要做進一步研究？例如檢驗標本的DNA？」

不出我所料，小寶的情緒果然亢奮起來，答道：「當然有，博物館的專家，非常重視這個標本，說它很可能是考古學家夢寐以求的『失落環節』，能夠解開古生物學許多謎團！所以我才決定，這次重返南極，一定要好好再找一找，希望能有更多的發現！」

為了避免他在機艙內手舞足蹈，我故意潑冷水：「你該做好心理準備，這種事情，可遇而不可求，你一生能有一次機緣，已經是萬分幸運了。」

但溫寶裕卻是無藥可救的樂天派，居然道：「不，只要和衛斯理在一起，一定能夠一輩子巧合萬千，不絕如縷！」

我自然聽得出，他是在引用七叔信中的話，不禁嘆了一口氣：「但願如此！如今我自己，也有好多失落的環節，必須一一找出來，才能令真相大白。」

溫寶裕接口道：「你是指，那個天大的陰謀？」

我點了點頭，語氣相當懊喪：「可是，兩年多來，我將自己的一生，做了鉅細靡遺的回顧，仍舊找不到真正有用的線索。」

這回，輪到小寶安慰我了：「沒關係，我看只是時辰未到！」

我逕自說下去：「你冒著九死一生的危險，替我去了一趟土星，結果反倒是帶回更多的疑問……」然後，我趕緊改口：「別誤會，我並不是怪你，只是覺得人生無常，一波未平，一波又起。過去這幾天，我反覆思考，怎麼也想不通，為何三十多年來，我始終執迷不悟，堅持《環》的記載千真萬確。」

溫寶裕突發奇想：「有沒有可能，你的執迷不悟，本身就是解決這個謎團的關鍵？」

我又驚又喜：「此話怎講？」

小寶卻答非所問：「這樣說吧，我這一趟所見到的土星環，和你在書中的描述，最大的差別在哪裡？」

我不假思索：「你見到的土星環是天然的，可是我在書中，將它寫成了一大堆人造天體！」

小寶從口袋裡，掏出一本書，我瞄了一眼，竟然是袖珍本的《環》。他翻了翻，開始唸道：「這個環，是我們的祖先建立的，起先，只是遠離土星表面的一個浮空站，漸漸地，一個站一個站建立，到了今天，終於成為環繞土星的一個大環……」

我不想再聽下去：「別唸了，我已經承認，這不是事實。」

小寶闔上書，問道：「你當初這樣寫，可有什麼根據？」

我毫不猶豫：「他們親口告訴我的。」

小寶追問：「你親眼見到了嗎？」

我仔細想了想：「沒有！」

小寶得理不饒人：「你想想，這像你的性格嗎？」

我默默搖了搖頭，小寶提高音量道：「所以我大膽假設，你很有可能，遭到他們洗腦，才會執迷不悟半輩子！」

我實事求是地道：「姑且接受這個假設，但他們這樣做，又有什麼目的呢？」

小寶再度答非所問：「你再想想，你我所見到的土星環，最大的共同點又是什麼？」

我知道他這麼問，一定自有道理，所以認真思考了好一陣子，才答道：「上面都有上一代地球人的蹤跡。」

小寶雙手同時打了一個響亮的「榧子」，叫道：「這就對了，所謂實則虛之，虛則實之；最危險的地方，也就是最安全的地方！我認為，他們之所以給你洗腦，令你將《環》這本書，寫得漏洞百出，就是為了掩飾他們真正的蹤跡。」

我用力點了點頭：「有道理！這就好像齊白，將他所挖的盜洞，用一座假墳掩飾起來一樣。誰也不會想到，漏洞百出的記述中，居然藏有百分之一的真實性。」

小寶興奮地接下去：「不，我見到的那一圈太空站，要比整個土星環小太多了，所以真實性不是百分之一，恐怕只有百萬分之一！太好了，一個重大的衛斯理未解之謎，在我們談笑間，灰飛煙滅了！」

我忽然想到另一個問題：「別高興得太早，我發現你的推理，還有嚴重漏洞。」

小寶發出一聲難以置信的「啊」，我道：「想當年，我雖然發現了他們在地球上的行蹤，可是即使我的想像力再豐富，也不會將他們和土星環，聯想在一起。他們如果想要誤導我，或是藉由我來誤導其他人，大可告訴我，他們的基地在太陽系之外，這樣豈不更安全？」

這個問題，令小寶啞口無言，接下來幾分鐘，我只能聽到他喉嚨發出的咕嚕聲。不多久，飛機抵達研究站上空，我忙著進行降落，這段對話也就到此結束。

半小時後，我和溫寶裕再度回到天空，朝反方向飛去。

直升機上只有我和小寶兩人，也就是說，張堅並未和我們同行。一來，他說再也不願見到那個波斯胡人，二來，他必須使用研究站的完善通訊設備，和所有前來聲援的環保船隻，保持密切聯繫。

我們起飛前，張堅站在直升機旁，還語重心長地說了一句：「衛斯理，你該明白，有些事是不能妥協的！」我緩緩點了點頭，一切盡在不言中。

直升機升空後，我還一直在想張堅那句話，心情不免有些沉重。

小寶看穿了我的心事，試圖轉移我的注意力，道：「要不要繼續討論土星環？」

我皺了皺眉頭：「換個話題好不好？」

小寶並未答腔，卻又掏出了那個袖珍本，嘴裡唸唸有詞，兩三分鐘後，我忍不住了，問道：「你在幹什麼？」

小寶的口氣相當委屈：「你不是說，要換個話題嗎，我正努力找呢！」

我沒好氣地道：「你在那本書裡找新話題，豈不是換湯不換藥嗎？」

小寶怪笑一聲：「錯了，我是在看後面的書單！難道你不曉得，最新的版本，後面列出了完整的衛斯理故事嗎？」

我立刻回嘴：「難道你忘了，自己是天字第一號衛斯理專家嗎？何必還要看什麼書單？」

小寶誇張地道：「唉，上了年紀，記憶力大不如前，不靠書單提醒，我怕掛萬漏一，找不齊全。」

我起了好奇心：「你到底在找什麼？」

這回小寶答得很乾脆：「我在找，你到底提過多少次『上一代地球人』，已經找到兩三本……」

我硬生生打斷他的話，不屑地道：「我果然沒說錯，標準的換湯不換藥！如果你想不到什麼新鮮話題，不如閉起嘴巴，闔上眼睛，好好睡上一覺。」

遭我搶白一頓後，小寶安靜了好一陣子，不過並沒有睡覺，而是繼續在翻那本書，還故意將書頁翻得唰唰響，連引擎聲都蓋不住。我懶得理會他，開始專心駕駛飛機。

但我頂多只清靜了十分鐘，就聽見小寶難掩興奮地高聲道：「你聽聽這個話題夠不夠新鮮——我發現，你取的書名一律很短，除了《少年衛斯理》，通通沒有超過四個字！」

我呵呵大笑：「原因很簡單，因為書名的字數，不算在稿費之內。」

小寶隨即接口：「哈，原來如此，怪不得你的書名，兩個字的最多，回憶錄更是毫無例外。對了，好像從來沒有人，做過這個統計——」然後，又有好幾分鐘，沒聽見他的聲音。

等到小寶再度開口，我才終於明白，他剛剛在做什麼統計。只聽他一本正經道：「算出來了！其他一百四十四個故事，書名兩個字的有八十九本，其次是四個字的，剛好四十本，第三名是三個字的，共有十四本。嗯，還有一本……還有一本……你又會嫌話題不夠新鮮。」

我斥道：「何必吞吞吐吐，最後那本就是《環》，書名只有一個字。」

小寶歡呼一聲：「完全正確！這真是天意，兜了一大圈，居然又兜回了《環》，不，或許應該說，這正暗合『環』的本意。天地良心，我真的從來沒有注意到，你取的書名，只有這本是一個字。」

我脫口而出：「我自己也從未注意到。」

小寶突然壓低聲音，神秘兮兮道：「你覺得這只是巧合嗎？」

我哼了一聲：「不是巧合，還是什麼？」

小寶用力吸了一口氣：「我認為其中另有深意，值得當作另一個衛斯理之謎！」

我又有些不耐煩了：「你要庸人自擾，就請便吧。」

於是這個話題，就此告一段落，接下來，小寶又挖空心思，想了好些自認新鮮的話題，有一搭沒一搭說著，好讓這三小時的航程，不至於太沉悶。

說來也真奇怪，剛剛被我斥為庸人自擾的問題，卻在我心中，一直盤縈不去，可是我又始終想不出個所以然來。那種感覺，就像是明明記得，有一件重要的事尚未處理，偏偏怎麼也想不起來，究竟是什麼事。

所以後半段的飛行，我幾乎都陷入沉思，僅憑直覺駕駛著直升機，對於溫寶裕的滔滔不絕，完全是左耳進右耳出。

直到小寶使勁推我的肩膀，我才回過神來，喝道：「推什麼推，我又沒打瞌睡！」

小寶扯著喉嚨大喊：「我知道你沒打瞌睡，可是我確定，你靈魂出了竅。雲五風已經呼叫了兩次，你一次也沒聽到！」

我不禁「啊」了一聲，與此同時，無線電對講機又傳來雲五風的聲音。我趕緊按下通話掣，道：「五風，我們快到了，目前情況如何？」

雲五風的聲音，聽來又急又氣：「情況不妙，他們已經縮小包圍圈，其中有一艘船，還企圖衝撞『兄弟姐妹號』！」

我驚呼道：「居然有這種事！他們不要命了？」

五風重重嘆了一口氣：「那艘船，屬於全球最激進的環保團體，那種極端環保人士，和恐怖份子幾乎沒有兩樣！」

我連忙追問：「沒出現流血衝突吧？」

五風答道：「那倒還好，我們用雷射砲，暫時嚇阻了他們。可是，如果他們再發動一波攻擊，我們就只好採取閃避行動了，因為天工大王擔心，高能雷射的副作用，會影響實驗的成敗。」

溫寶裕卻好像唯恐天下不亂，興匆匆問道：「五風大哥，『兄弟姐妹號』要如何閃避？是要上天，還是下海？」

五風的口氣相當無奈：「無論上天下海，都會令天工大王的實驗，功虧一簣！事到如今，只有一個辦法，但我必須徵得四哥同意……」

十幾分鐘後，我們飛抵目的地，往下一看，終於瞭解五風說的是什麼辦法。「兄弟姐妹號」既沒有一飛沖天，也沒有潛入深海，而是一動不動，憑空飄浮在海面之上，大約二三十公尺處。

我原本以為，「兄弟姐妹號」的飄浮，是採用類似垂直起降的機制，直到降落在這個「空中平台」之後，才發覺並不是那麼回事。

因為，我完全聽不到引擎聲，也感受不到任何氣流，而下方的海面，同樣平靜無波。

我還來不及開口，溫寶裕已驚聲尖叫：「哇哇哇，反重力裝置，真是太不可思議了！想必是雲氏集團和天工大王聯手，才能打破物理定律。」

雲五風卻搖了搖頭，笑道：「沒有人能打破物理定律，這並不是反重力裝置，而是利用磁浮原理。」

溫寶裕卻怎麼也不肯相信：「可是，下面只有海水，哪來的超導線圈？」

五風顯得有些尷尬：「細節部分，我也不太清楚，恐怕你得問四哥才行。」我自然聽得出，他的意思是說，那是雲氏工業的最高機密，可否透露給外人，只有總裁能夠決定。

我怕小寶再為難五風，趕緊轉移話題：「天工大王呢？」

五風指了指船首，道：「他正忙著調整發射器，以補償飄浮所導致的高度差。」

「兄弟姐妹號」全長只有三十公尺，我三步併作兩步，從船尾的停機坪，一口氣衝到了船首，雲五風和溫寶裕，也隨即跟了過來。

可是我在船首甲板，只看見一具相當巨大，和這艘船很不相襯的機器（當然就是超音波發射器），並未見到天工大王的身影。

五風解釋道：「發射器裡面，有個小控制室，我們等一等，他應該很快就會出來。」

沒想到，我們三人在甲板上，足足等了兩個鐘頭，天工大王仍舊沒有現身。

我開始有些擔心：「會不會出了什麼問題？」

溫寶裕自告奮勇：「我去門縫瞧瞧，看他是不是在練龜息術。」

雲五風趕緊做了一個萬萬不可的手勢，道：「反正底下那些抗議船隻，拿我們莫可奈何，我建議再等一等。」

溫寶裕卻憂心忡忡：「萬一射上來一枚飛彈，『兄弟姐妹號』抵受得住嗎？」

五風擠出一抹苦笑：「放心，我確定那些船隻，並沒有任何武裝。這大概就是他們和恐怖份子，最大的不同了！」

於是，我們繼續耐心等待，結果無巧不巧，將近一小時後，就在鏗鏘的開門聲傳來之際，溫寶裕身上的衛星電話，也突然鈴鈴作響。

所以，當天工大王走出控制室，只有我和五風迎上前去。

我少說也有整整十年，未曾見到天工大王，不過看起來，歲月並未在他臉上，刻畫出更多的痕跡（或許正如徐月淨所言，人老到一定程度，就不會再老了）。

可是另一方面，天工大王的神色，令我覺得他至少老了三十歲！在我的印象中，天工大王倫三德給人的感覺，永遠是那麼精力旺盛、神采奕奕，而且信心十足，但此時此刻，他卻顯得失魂落魄，而且全身淌著冷汗，似乎隨時可能虛脫倒地。

我趕忙抓住他的手，高聲道：「天工大王，我是衛斯理！究竟發生了什麼事？我能幫上什麼忙？」

天工大王顯然直到這個時候，才察覺我的存在，他望了我一眼，垂頭喪氣道：「遲了，遲了！」一面說還一面搖頭。

雲五風追問：「請問什麼遲了？」

天工大王長嘆一聲，一字一頓道：「為了避免引發災變，我已將發射器關閉！」

就在這個時候，溫寶裕衝上前來，厲聲叫道：「災變，災變，天大的災變！」

溫寶裕的消息，當然來自剛才那通電話，打電話的不是別人，正是說好要和我們保持密切聯絡的張堅。

後來小寶告訴我，張堅當時的口氣，氣急敗壞至於極點，他聲嘶力竭道：「如果你們正和波斯胡人在一起，替我立刻警告他，我最擔心的事情，果然發生了！他要是再不收手，我就以最快速度，駕著你們的小飛機，跟他拚個同歸於盡！」

至於什麼是張堅最擔心的事情，他是這麼說的：「我剛剛接到報告，距離你們最近的布朗特冰棚，出現了一個大裂縫，隨時有崩裂的可能！如果你們不相信，趕快去收收衛星照片，就知道我絕非危言聳聽。我敢拿性命打賭，這件事和波斯胡人的實驗，百分之百有關！等一等，又有最新狀況……」沉默了十幾秒之後，張堅再度拿起話筒：「遲了，遲了！布朗特冰棚，至少一半已經不存在了！」

這就是溫寶裕所說的天大災變，雖然布朗特冰棚的規模，遠比不上著名的羅斯冰棚，但就面積而言，仍相當可觀，絕對大過一個台灣島。

這麼巨大的一塊冰，猛然落入海中，不知會對南極乃至整個地球，造成多大的影響！

事實上，天工大王之所以毅然決然，關閉超音波發射器，正是擔心會發生這種意外，不料還是晚了一步。

沒錯，對他而言，這是個不折不扣的意外！

想當初，天工大王在腦海中，針對這項行動，進行模擬之際，自認已將所有的變數，一一考慮在內，而且每一個環節，都經過最精密的計算，才終於有了穩操勝算的把握。

偏偏他百密一疏，忘了考慮一項人為因素！

真相大白之後，我所做的第一件事，就是趕緊通知張堅，請他取消自殺攻擊計畫。

不到一小時，那些環保船隻也陸續散去，「兄弟姐妹號」隨即重返海面。

我和溫寶裕，在「兄弟姐妹號」上，待了一天一夜，才告辭離去，飛回張堅的研究站。將近二十四小時的時間，我們一直陪在天工大王身邊，一方面提供最大的精神支持，另一方面，也是為了滿足自己的好奇心。

多虧天工大王知無不言，我才會對整件事的來龍去脈，瞭解得這麼透徹。

據我所知，在我和小寶離去後，「兄弟姐妹號」又在南極海域，逗留了一兩週，但當然不是打算另起爐灶，而是為了評估這次災變的規模和嚴重性。好在，由於天工大王壯士斷腕，總算將危害降到了最小的程度。

至於我和溫寶裕，則在南極大陸，整整待了一個月。

這段時間，小寶由張堅等人陪同，進行他所謂的二度南極探險，我卻幾乎足不出戶，躲在張堅的辦公室，繼續寫我的回憶錄。

小寶每天至少和我通一次話，可是每一次，光聽他的口氣，我就知道毫無斬獲。直到一個月的探險，眼看就要結束，才出現了意想不到的發展。

這件事，要從小寶和我的一次通話說起：「我們已經開始折返，但張博士終於同意，在回到研究站之前，先繞去看看布朗特冰棚的斷層。」

我憑直覺脫口而出：「那裡的地質結構，應該還很不穩定，有必要冒這個險嗎？」

我忘了這時的小寶，早已是不折不扣的南極專家，他立即以專業的口吻，糾正道：「你說錯了幾件事，第一，『地質結構』並非正確的用語，『冰質結構』還差不多；第二，冰棚的修復能力極高，不像陸地的斷層，需要擔心什麼土石流；第三……」

我懶得聽下去，說了一聲：「祝你們好運！」就結束了通話。

兩三天後，當小寶的聲音，又從對講機傳來，我立刻猜到，他們一定有了重大發現。不過，由於小寶太興奮了，以至於我聽了半天，還是聽不出所以然來。

我故意威脅道：「限你三秒鐘內，將通話器交給張堅，否則我立刻收線。」

結果不到三秒鐘，便傳來張堅的聲音，可是萬萬沒想到，其語無倫次的程度，居然不下於小寶。我失去了耐心，喝道：「你們這個探險隊，是不是患了集體歇斯底里？」

等了半天，張堅總算擠出一句我聽得懂的話：「算了，衛斯理，怎麼說你都不會相信！還是親自來一趟吧，我這就替你安排。」

卻說當時，我正文思泉湧，回憶錄寫得非常順手，實在不想半途擱筆。可是，偏偏我又很想知道，究竟是什麼驚人發現，令這一老一少，言行那麼失常！

我並沒有猶豫多久，便按下通話掣：「要是沒什麼看頭，當心我一手一個，將你們拎到瘋人院去！」

* * *

他停了半晌才又道：「等我唸一段記載給你聽聽，你仔細聽著！」接著，他便用緩慢的聲調唸了起來，道：「濃煙升起，像是幾千個太陽聚在一起燃燒，接著，所有的一切全被黑暗包圍，然後雲朵直衝向高空，現出血一樣紅的顏色，整個大地都在火中燃燒……在幾天之後，所有人的頭髮和指甲都無故脫落，雀鳥的羽毛變成白色，鳥爪發出連串的水泡……」

他唸到這裡，略停了一停，道：「你聽來，這一段記載，是形容什麼的？」

我毫不猶豫地回答：「當然是核子戰爭！」

他苦笑了起來，道：「但是，這一段記載，卻是在人類已知的書籍中，最古老的印度梵文史詩《摩訶婆羅多》之中的……」

——**摘自《奇門》**

附錄一——衛斯理故事列表

〇〇一、鑽石花
〇〇二、地底奇人
〇〇三、妖火
〇〇四、藍血人
〇〇五、透明光
〇〇六、地心洪爐
〇〇七、蜂雲
〇〇八、奇玉
〇〇九、原子空間
〇一〇、天外金球
〇一一、支離人
〇一二、不死藥
〇一三、紅月亮
〇一四、換頭記
〇一五、蠱惑
〇一六、奇門
〇一七、屍變
〇一八、合成

〇一九、筆友
〇二〇、叢林之神
〇二一、再來一次
〇二二、盡頭
〇二三、湖水
〇二四、消失
〇二五、影子
〇二六、多了一個
〇二七、仙境
〇二八、狐變
〇二九、古聲
〇三〇、虛像
〇三一、訪客
〇三二、風水

〇三三、環
〇三四、聚寶盆
〇三五、雨花台石
〇三六、石林
〇三七、創造
〇三八、鬼子
〇三九、老貓
〇四〇、貝殼
〇四一、地圖
〇四二、規律
〇四三、沉船
〇四四、大廈
〇四五、新年
〇四六、頭髮

〇四七、眼睛
〇四八、迷藏
〇四九、天書
〇五〇、木炭
〇五一、玩具
〇五二、連鎖
〇五三、尋夢
〇五四、第二種人
〇五五、後備
〇五六、盜墓
〇五七、搜靈
〇五八、茫點
〇五九、神仙
〇六〇、追龍

〇六一、洞天
〇六二、活俑
〇六三、犀照
〇六四、命運
〇六五、十七年
〇六六、異寶
〇六七、極刑
〇六八、電王
〇六九、遊戲
〇七〇、生死鎖
〇七一、黃金故事
〇七二、廢墟
〇七三、密碼
〇七四、血統

〇七五、謎踪
〇七六、瘟神
〇七七、招魂
〇七八、背叛
〇七九、鬼混
〇八〇、報應
〇八一、錯手
〇八二、真相
〇八三、毒誓
〇八四、拚命
〇八五、怪物
〇八六、探險
〇八七、繼續探險
〇八八、圈套
〇八九、烈火女
〇九〇、大秘密
〇九一、禍根
〇九二、從陰間來
〇九三、到陰間去
〇九四、少年衛斯理
〇九五、陰差陽錯
〇九六、陰魂不散
〇九七、許願
〇九八、還陽
〇九九、運氣
一〇〇、開心
一〇一、轉世暗號
一〇二、將來

一〇三、改變
一〇四、暗號之二
一〇五、闖禍
一〇六、在數難逃
一〇七、解脫
一〇八、遺傳
一〇九、爆炸
一一〇、水晶宮
一一一、前世
一一二、新武器
一一三、病毒
一一四、算帳
一一五、原形
一一六、活路

一一七、雙程
一一八、洪荒
一一九、買命
一二〇、賣命
一二一、考驗
一二二、傳說
一二三、豪賭
一二四、真實幻境
一二五、成精變人
一二六、未來身份
一二七、移魂怪物
一二八、人面組合
一二九、本性難移
一三〇、天打雷劈

一三一、另類複製
一三二、解開密碼
一三三、異種人生
一三四、偷天換日
一三五、閉關開關
一三六、行動救星
一三七、乾坤挪移
一三八、財神寶庫

一三九、一半一半
一四〇、身外化身
一四一、非常遭遇
一四二、一個地方
一四三、須彌芥子
一四四、死去活來
一四五、只限老友

附錄二——本書延伸閱讀

《環》明窗、遠景、風雲時代
《玩具》明窗、遠景、風雲時代
《第二種人》明窗、遠景、風雲時代
《神仙》明窗、遠景、風雲時代
《異寶》明窗、遠景、風雲時代
《圈套》明窗、皇冠
《運氣》勤+緣、皇冠
《開心》勤+緣、皇冠
《改變》勤+緣、皇冠

《新武器》勤＋緣、皇冠

《洪荒》勤＋緣、皇冠

《傳說》勤＋緣、皇冠

《解開密碼》勤＋緣、皇冠

《火鳳》利文、勤＋緣、皇冠

《死結》利文、勤＋緣、皇冠

《三千年死人》環球圖書雜誌、利文、風雲時代

責任編輯　蘇健偉
書籍設計　陳德峰（tomsonchan.com）

書　　名　衛斯理回憶錄之乍現
著　　者　葉李華
出　　版　三聯書店（香港）有限公司
香港北角英皇道四九九號北角工業大廈二十樓
Joint Publishing (H.K.) Co., Ltd.
20/F., North Point Industrial Building,
499 King's Road, North Point, Hong Kong
香港發行　香港聯合書刊物流有限公司
香港新界大埔汀麗路三十六號三字樓
印　　刷　美雅印刷製本有限公司
香港九龍觀塘榮業街六號四樓A室
版　　次　二〇一九年七月香港第一版第一次印刷
規　　格　三十二開（130mm×190mm）三四〇面
國際書號　ISBN 978-962-04-4511-8